CITY CRIMES

ELLERY
QUEEN

—

Hausarzt in der Hölle

ROMAN

SCHERZ

Einmalige Ausgabe 1998
Einzig berechtigte Übertragung aus dem Amerikanischen
von Ute Tanner
Titel des Originals: »Kill as Directed«

Umschlaggestaltung: Manfred Waller
Umschlagbild: The Image Press

1

Schultern, Rücken, Brustkorb, Arme, Hände – alles war groß geraten an Dr. Brown. Selbst seine Nase hatte eine stattliche Größe. Einst hatte sie ihrem Besitzer zu einem klassischen Profil verholfen. Jetzt stand sie ihm ein wenig schief im Gesicht und gab ihm ein leicht verwegenes Aussehen. Das war ein Andenken an ein sonst siegreich verlaufenes Footballmatch.
Dr. Brown hatte dunkle Augen und dunkle Haare. Auch sein Blick war düster. Chronisch düster. Er schaute trotz seiner Größe aus wie ein trotziger kleiner Junge, den das Schicksal permanent in die Ecke gestellt hatte.
Sein dunkler Schopf war ständig zerwühlt, so oft raufte er sich mit einer Geste der Verzweiflung die Haare.
Seine Freunde nannten ihn Harry. Eigentlich hieß er Harrison. Er war dreißig Jahre alt und hielt sich für einen Versager. Wäre er, wie viele seiner Arztkollegen, in der Lage gewesen, Geld zu scheffeln, hätte er sich für einen Erfolgsmenschen gehalten. Dabei war er an sich kein oberflächlicher Mann. Er litt einfach an einer Krankheit, die die Menschen ohne Ansehen der Person und Charakterbeschaffenheit befällt.
Browns Leidenschaft für Geld rührte daher, daß er sein Leben lang nicht genug davon gehabt hatte. »Nicht genug« ist ein relativer Begriff. Browns Begriff von »nicht genug« war durch zu enge Berührung mit zu vielen Leuten geprägt worden, die Überfluß an Geld hatten. Seines Vaters Freunde waren reich gewesen, und ihre Söhne waren Harrys Freunde. Harry hatte dank eines Stipendiums eine Reicheleuteschule besucht. Aber Stipendien verhelfen einem nicht zu flotten Sportwagen, dicken Bankkonten und großzügigen Monatswechseln. In dem exklusiven College, auf das er danach übergewechselt war, hatte er mit den Söhnen der Reichen die Zimmer geteilt und mit den Töchtern der Reichen geflirtet. In den Ferien war er nur allzugern ihren Einladungen gefolgt. Er hatte ihre von französischen Köchen zubereiteten und von englischen Butlern servierten Mahlzeiten genossen. Er hatte es sich in ihren antiken Sesseln bequem gemacht, seine Füße in ihren echten Teppichen vergraben und ihre ausländischen Wagen gefahren. Er hatte die Kunstgegenstände bestaunt, in die sie ihr Kapital investierten, er hatte ihre Vollblutpferde geritten und am Ruder ihrer Jachten gesessen. Und hatte täglich seine Dosis Neid

geschluckt wie andere Vitamintabletten. Neid war die Triebfeder seines Handelns gewesen und hatte immer wieder neuen Neid geboren. Der Neid hatte ihm durchs Medizinstudium geholfen, und der Neid war das Leitmotiv bei der Wahl und Einrichtung seiner Praxisräume gewesen.

Aber hier hörte die Triebkraft auf. Die Macht, ihm eine gutgehende Praxis zu schaffen, hatte der Neid offenbar nicht.

Harry Brown war ein intelligenter Mann. Er wußte, daß es Zeit brauchte, um in New York eine lukrative Praxis aufzubauen. Seine Zeit als Assistenzarzt lag immerhin erst zwei Jahre zurück. Doch Zeit bedeutete Geduld. Und ätzender Neid ist kein guter Nährboden für Geduld.

Er saß allein in seinem großzügigen Sprechzimmer in dem eindrucksvollen Apartmenthaus in der Central Park West. Er saß allein in einem Sprechzimmer, das mit den modernsten, chromblitzenden medizinischen Apparaten ausgerüstet war. Er saß allein und wartete auf einen Anruf.

Es war sieben Uhr – ein milder Abend im Mai. Die Stadt hüllte sich langsam in eine warme Dämmerung. Die Dämmerung, in der er saß, hatte er sich selbst geschaffen. Nur die Schreibtischlampe brannte, und er hatte den Schirm so gedreht, daß der Lichtkegel zur Wand gerichtet war. Er saß mit hängenden Schultern auf seinem Drehsessel aus echtem Leder, die langen Beine weit von sich gestreckt, und starrte brütend ins Leere. Auf seiner Stirn standen Schweißtropfen.

Wie war das möglich? Zwei Jahre Leerlauf . . .

Gesamtzahl der Patienten heute: zwei. Ein Junge von nebenan mit einem Fingernagelgeschwür. Eine schwangere Halbwüchsige, die von ihm eine Abtreibung verlangt und die er sofort wieder weggeschickt hatte, ohne sein Honorar zu fordern. Gestern war als einziger Patient ein zufälliger Passant dagewesen, dem was ins Auge geflogen war. Patientenzahl vorgestern: null. Und am Tag davor war nur der Mann mit der langen Vorstrafenlatte aufgekreuzt. Der Kerl war ihm noch das Honorar für die erste Konsultation vor zwei Monaten schuldig. Diese verkrachten Existenzen versuchten ihr Glück immer bei den noch nicht eingeführten Ärzten. Selbst wenn dieser Bursche zahlte, ergab das einen Bruttoverdienst von dreißig Dollar für vier Tage. Pro Tag waren das sieben Dollar und fünfzig Cent – ein Bombengeschäft. Der simpelste Botenjunge hätte darüber nur die Nase gerümpft.

Wie war das möglich? Zwei Jahre – nicht nur des Leerlaufs, sondern sogar des Rücklaufs. Zwei Jahre, in denen er hatte mit ansehen müssen, wie die dreißigtausend Dollar aus der Lebensversicherung seines Vaters schmolzen wie Schnee an der Sonne. Mehr noch: Er steckte über beide Ohren in Schulden.
Wie war das möglich? Er war unverheiratet, er hatte keine Familie, die ihm auf der Tasche lag. Er hatte nur für sich selber zu sorgen. Und nicht einmal das brachte er fertig.
Dabei war er kein Stümper, sondern ein guter Arzt. Das hatte er als Assistenzarzt bewiesen. Aber wie erreichte man, daß sich das herumsprach?
Es war ein Fehler gewesen, daß er sich in New York niedergelassen hatte. Die klugen Leute, die über den sogenannten Ärztemangel jammerten, hatten sicherlich noch nie versucht, in Manhattan auf einen grünen Zweig zu kommen. In seinem Haus praktizierten außer ihm noch zwei seit Jahren eingeführte Ärzte. Alles in allem saßen – ihn gar nicht eingerechnet – sieben Medizinmänner in zwei kurzen Häuserblocks. Eine Praxis in dieser Gegend erzeugte eine Kettenreaktion: Er mußte teure Anzüge tragen und stets tadellos gepflegt sein. Und die gute Adresse erforderte einen chromblitzenden, neuen Wagen. Aber wofür? Wem sollte dieser Aufwand imponieren? Dem Jungen mit dem entzündeten Finger? Dem Laufkunden mit dem Staubkorn im Auge? Dem verängstigten Mädchen mit dem Kind, das es nicht haben wollte? Der verkrachten Existenz? Um diese Fassade aufrechterhalten zu können, mußte er in einem Loch in Greenwich Village hausen, das kärglicher möbliert war als eine Mönchszelle . . .
Das Telefon läutete.
»Harry?« Ja, es war wirklich Tony Mitchell.
»Ja«, antwortete Dr. Brown.
»Ach – wieder mal schlechte Laune?«
»Was gibt's, Tony?« fragte er kurz angebunden.
»Essen um acht. Im *Big Dipper.* Der Tisch ist auf den Namen Gresham bestellt. Wenn du diesen Namen nennst, rollen sie den purpurnen Teppich aus statt des gewöhnlichen roten, und Purpur ist meine Lieblingsfarbe. Also wasch dir schön den Hals, Harry, und mach dich fein.«
»Wie viele sind wir?«
»Drei. Du, ich und die bezaubernde Mrs. Gresham.«

»Und Gresham selber?«
»Ach – hab' ich den Alten ausgelassen? Vielleicht kommt er, vielleicht auch nicht. Du kennst doch Kurt – erst die Arbeit, dann das Vergnügen. Na, hebt das deine Laune?«
»Ich weiß nicht, was du meinst«, sagte Dr. Harry Brown.
»Ach, laß doch das Katz-und-Maus-Spielen«, sagte Tony. »Den guten alten Tony Mitchell kannst du nicht hinters Licht führen. Ich fungiere heute als Anstandswauwau, ich weiß das, und ich weiß auch, daß du weißt, daß ich es weiß.«
»Ach, hör schon auf, Tony.«
»Mir scheint, Sie brauchen ein Rezept, Doktor. Vier oder fünf Wodka-Martinis und hinterher unsere bezaubernde Karen – oh, Verzeihung, das ist mir nur so rausgerutscht. Wer, mein lieber Medizinmann, ist hier eigentlich Jäger und wer Gejagter?«
Harry merkte, wie fast wider Willen etwas von seiner Niedergeschlagenheit von ihm abfiel. »Ich hab' den Eindruck, daß du deine vier oder fünf Drinks schon intus hast.«
»Kann schon sein. Schluß jetzt. Ich muß mich noch in Schale werfen. Wir sehen uns um acht.«
Im *Big Dipper* also, dachte Harry Brown, als er auflegte. Das war wieder mal typisch Tony. Unter der Luxusklasse tat er's nicht. Na, er konnte es sich ja leisten. So mancher New Yorker Anwalt hätte mit Wonne seine sämtlichen Klienten gegen Mr. und Mrs. Kurt Gresham eingetauscht. *Big Dipper* . . . Harry stand auf. Im letzten Monat hatte er vornehmlich aus Konservendosen gelebt. Nur so konnte er das Geld aufbringen, um Karen Gresham auszuführen. Karen war das Beste oder zumindest das Teuerste gewohnt. Der heutige Abend ging auf Kosten von Tony oder von Kurt Gresham, falls er auftauchen sollte. Diese beiden hätten ohnehin nicht zugelassen, daß er bezahlte, aber heute hätte er nicht einmal anstandshalber nach der Rechnung greifen können. Ein Abendessen für vier Personen im *Big Dipper*, mit Cocktails, Wein und anständigen Trinkgeldern, verschlang gut und gern seine hundertfünfzig Dollar. Das waren zwei Wochenlöhne für die Sprechstundenhilfe.
Harry Brown knipste die Deckenbeleuchtung in seinem blitzenden Behandlungszimmer an und nahm eine kleine Flasche Whisky aus einem Wandschrank. Er schenkte sich einen tüchtigen Schluck ein. Dann verstaute er die Flasche wieder sorgfältig und ging in das Ankleidezimmer mit dem eingebauten Bad. Während

er sich auszog, einseifte und spürte, wie sein Körper sich unter dem feinen, nadelscharfen Strahl der Brause neu belebte, gingen seine Gedanken zu dem Herrn Strafverteidiger Tony Mitchell. Er dachte daran, wie seltsam und launisch die Wege des Zufalls waren. Denn ein schlechthin unberechenbarer Zufall hatte ihn wieder in den Lebenskreis dieses erfolgreichen, energiegeladenen Mannes geführt.

Auch Harry Browns Vater war Anwalt gewesen – der bedächtige, sorgsame, geradezu lächerlich rechtschaffene Simon Brown. Simon Brown hatte nie vor Gericht brilliert. Er war ein Büchermensch. Er setzte glänzende Schriftsätze auf und war ein idealer Anwalt für Revisionsverfahren – ein Gelehrter, stets kränklich, gegen Ende seines Lebens ein bißchen wunderlich, ein Mann, der Wissen groß, Weisheit größer, Prinzipientreue am größten schrieb. Anwalt Simon Brown war früh Witwer geworden. Er besaß keinen Ehrgeiz, war aber seinem einzigen Kind, einem Sohn, sehr zugetan. Er hatte es sich in den Kopf gesetzt, daß sein Sohn Medizin studieren und ein erfolgreicher Arzt werden müsse, damit er all das genießen konnte, was ihm, dem alten Brown, so wenig bedeutete. Harry hatte ihn allerdings im Verdacht, daß er sich diese Genügsamkeit gegenüber materiellen Gütern ganz bewußt anerzogen hatte, weil ihm klargeworden war, daß er sie nie erringen konnte. Sein Sohn aber sollte es einmal besser haben. Deshalb nahm er ein ärmliches Leben in Kauf, um seinen Sohn dem Virus des Reichtums aussetzen zu können.

Da hast du mir einen schönen Streich gespielt, Paps, dachte Harry Brown bitter. Wie hieß es so schön? Die größten Torheiten werden immer von den weisesten Männern begangen . . .

Er hatte Tony Mitchell im Büro seines Vaters kennengelernt, als er seine Semesterferien daheim verbrachte. Tony, sieben Jahre älter als Harry, war schon damals ein vielversprechender Strafverteidiger gewesen. Seine Schriftsätze ließ er von Simon Brown anfertigen. Er sah gut aus, war strebsam, kultiviert, schlagfertig, spottlustig, vergnügt, sprudelte über vor Temperament – in allem Harrys Gegensatz.

»Dein alter Herr ist ein Genie – hast du das gewußt?« sagte Tony Mitchell mit seiner angenehmen Baritonstimme, die immer so wirkungsvoll durch den Gerichtssaal tönte. »Und ich nütze ihn aus. Ich stehle ihm seine besten Gedanken.« Einen kurzen Moment war der junge Mitchell ernst geworden. »Es ist unfair,

aber ... Weißt du, was deinem Vater fehlt? Er ist einfach zu schüchtern.«
Dies war eine Eigenschaft, so bemerkte Simon Brown später trocken, die man dem Herrn Strafverteidiger Anthony Mitchell beim besten Willen nicht nachsagen konnte.
Aber Harry fand ihn nett. Und daß er ihn beneidete, war beinahe schon Ehrensache.
Sie hatten sich schnell angefreundet und waren miteinander ausgegangen, ein interessantes Paar: Harry ernsthaft, Tony funkensprühend vor guter Laune; Harry schwerblütig, Tony schlagfertig; Harry ruhig, Tony von verbindlicher Geschwätzigkeit. Harry war kein großer Frauenheld. Tony umschwirrten sie wie Motten das Licht. Sogar körperlich waren sie Gegensätze, die sich ergänzten. Neben Tony Mitchells nervös-schlanker Windhundgestalt wirkte Harry wie ein großer, zottiger, gutmütiger Bernhardiner. Aber dann mußte Harry zurück auf die Universität, Simon Brown starb, und die beiden Jungen trafen sich immer seltener; bald hatten sie einander ganz aus den Augen verloren.
Harry Brown stellte die Dusche ab und frottierte sich kräftig. Dann rasierte er sich und zog sich um. Für heute hatte er sich ein frisches Hemd, schwarze Schuhe und Socken, einen maßgeschneiderten mitternachtsblauen Abendanzug und einen schwarzblauen französischen Seidenbinder mitgebracht. Während er ihn vor dem Spiegel band, fragte er sich, wie lange er die Fassade noch aufrechterhalten konnte.
Nicht lange, das wußte er. Er hatte Sorgen – die beiden klassischen Sorgen der Menschheit: Sorgen mit Frauen, Sorgen mit Geld.
Er hatte alles so gewissenhaft geplant. Die dreißigtausend Dollar hatten so unangreifbar ausgesehen wie die Goldreserven von Fort Knox. Zwei Gebiete interessierten ihn gleichermaßen – die innere Medizin und die Chirurgie. Nach zwei Jahren Privatpraxis, so hatte er gedacht, würde er sich entscheiden können, worauf er sich spezialisieren sollte. Die »richtige« Gegend für seine Praxis, das modernste Instrumentarium, ein rasanter Wagen, schicke Anzüge – das schien der direkte Weg zu seinem Ziel zu sein. Mochte der Teufel das Geld holen.
Der Teufel hatte es geholt, ohne einen angemessenen Ausgleich dafür zu bieten. Nach zwei Jahren hing Harry Brown noch ebenso in der Luft. Der Patientenstrom, den ein Ärztemangel

zwangsläufig mit sich bringen mußte, hatte offenbar um Dr. Harry Browns Praxis einen Bogen gemacht.
Und dann hatte vor vier Wochen ein Zufallstreffen mit Anthony Mitchell in einer Bar seine Hoffnungen wieder geschürt, die schon fast zu Asche geworden waren.
Ein Blick – und Tony Mitchell wäre ihm vor Wiedersehensfreude beinahe um den Hals gefallen. »Harry! Wirklich, es ist der alte Harry. Wie geht's dir denn? Wo hast du bloß gesteckt?«
Sie waren wochenlang mit netten Mädchen ausgegangen, hatten sich gemeinsam die Nase begossen, hatten sämtliche Bars auf den Kopf gestellt. So köstlich hatte Harry Brown sich schon seit Jahren nicht mehr amüsiert. Dann hatte eines Tages, als sie zusammen in Mitchells Wohnung saßen, Tony plötzlich gesagt: »Also, alter Junge, jetzt wird es langsam Zeit, daß du auspackst. Was gibt's? Wo drückt der Schuh? Du bist ein ganz passabler Schauspieler, aber vor Gericht gehört es zum täglichen Brot, durch die Fassade den Menschen zu erkennen. Ich hab' dafür eine besonders feine Nase. Bist du in Schwierigkeiten? Hast du was Dummes angestellt? Los, spuck's schon aus.«
So hatte also Brown seinem Freund Anthony Mitchell sein Herz ausgeschüttet. Er sprach von seinem Ehrgeiz, seinen Plänen, seiner Ausbildung, seinen Entscheidungen, seinen Enttäuschungen, seinen düsteren Aussichten. Und er erzählte ihm von den Alpträumen, die ihn bei Nacht und auch bei Tag heimsuchten. Von den ersten Zweifeln, der wachsenden Furcht, der beginnenden Panik.
»Okay, genug«, hatte Tony Mitchell ihn sachlich unterbrochen. »Ich werde die Sache überschlafen, Harry.«
»Du?« hatte Harry ausgerufen. »Was kannst du denn tun?«
»Eine ganze Menge. Gib mir – laß mal sehen –, gib mir zwei Tage Zeit. Kannst du am Donnerstag gegen Mittag in meinem Büro sein?«
»Ja.«
»Hier ist meine Karte.«
»Aber, Tony ...«
»Die Kopfschmerzen kannst du jetzt ruhig mir überlassen. Es ist mein Beruf, mir über die Sorgen anderer Leute den Kopf zu zerbrechen. Sonst werde ich dafür bezahlt. Für dich mach ich's umsonst. Also, bis Donnerstag.«
Am Donnerstag mittag hatte sich Dr. Brown in Anwalt Mitchells

überraschend nüchternem Büro auf der Fifth Avenue eingefunden. Hier war keine Spur des Playboys zu entdecken, als den er Tony kannte. Die Sekretärinnen waren offensichtlich nach ihrer Tüchtigkeit, nicht nach ihren äußeren Vorzügen ausgesucht. Die Angestellten saßen eifrig über ihre Arbeit gebeugt. »Setz dich, Harry«, sagte Tony in einem Ton, den Harry noch nie zuvor an ihm gehört hatte.
Harry setzte sich und tastete nach einer Zigarette. Was kam jetzt?
»Ich habe mir dein Problem durch den Kopf gehen lassen«, sagte der Rechtsanwalt und lehnte sich im Sessel zurück, »und ich finde deinen Plan gut. Für jemanden, der die nötige Beharrlichkeit hat, ist er vollkommen narrensicher. Bei einem Windhund wäre es anders, aber das bist du ja nicht.«
»Woher weißt du das?« meinte Dr. Harry Brown. »Ich könnte ja ein Pfuscher sein.«
»Ich hab' mich erkundigt«, erklärte Mitchell in aller Ruhe. »Ich weiß, daß du tüchtig bist. Ich hab' mich davon überzeugt, daß du beruflich das Zeug hast, einmal ganz groß zu werden. Die einzige Schwäche deines Plans ist ungenügendes Kapital. Du hast eben nicht erkannt, wie lang die Durststrecke ist.«
»Du sprichst ein großes Wort gelassen aus . . .«
»Es läuft also auf folgendes hinaus: Um dein Ziel zu erreichen, brauchst du mehr Treibstoff, als gedacht. Wenn du erst so richtig in Fahrt bist, läuft die Karre von selber. Harry, du mußt zu einer Bank gehen.«
»Wozu?«
»Um einen dicken fetten Kredit aufzunehmen.«
Harry Brown lachte. »Und worauf werden sie mir den geben, Tony? Weil ich so schöne Augen habe?«
Tony Mitchell lachte mit. »Wenn du das als einzige Sicherheit hättest, könntest du dir nicht mal die Anzahlung auf eine Asphaltblase leisten.« Aber dann wurde er wieder ganz der nüchterne Geschäftsmann. »Ich glaube, mit weiteren dreißigtausend müßtest du über die Runden kommen, Harry. Wenn du die vernünftig einteilst, kannst du es schaffen.«
Brown starrte die Zigarette an, die ihm noch immer unangezündet zwischen den Fingern hing. Er knipste an seinem Feuerzeug herum, machte einen tiefen Zug und betrachtete seinen Freund durch den Rauchschleier. »Kennst du eine Bank, die mir dreißig-

tausend Dollar ohne Sicherheit leiht?«
»Allerdings. Meine.«
»Du willst mir doch nicht erzählen, daß dir eine Bank gehört?«
»Nicht direkt«, lächelte Tony. »Ich hab' nur daran gedacht, daß ich den Kreditantrag mit unterzeichne. Dann bekommst du das Geld, darauf kannst du dich verlassen.«
»Augenblick, Tony«, protestierte Harry. »Das kann ich dir wirklich nicht zumuten.«
»Warum nicht?«
»Und wenn ich Schiffbruch erleide?«
»Du wirst keinen Schiffbruch erleiden. Ich halte dich für eine gute Kapitalanlage, wenn du genug Zeit hast. Dreißig Tausender – und die Karre läuft. Außerdem werde ich meine Investition absichern, indem ich dir ein paar gut betuchte Patienten zuschanze.«
»Ich muß darüber nachdenken, Tony.« Er versuchte, das Schwanken in seiner Stimme zu unterdrücken.
»Da gibt es nichts nachzudenken.« Tony Mitchell sprang auf. »Gehen wir, Harry.«
»Wohin?«
»Zu meiner Bank. Wir sind schon angemeldet.«
»Tony . . .«
»Nichts da. Wozu sind wir Freunde? Auf geht's, mein Junge.«
So hatte er sich in diese Sache hineinmanövrieren lassen, verwirrt von neuerwachter Hoffnung und unaussprechlicher Dankbarkeit. Der Kredit war ohne jede Schwierigkeit bewilligt worden. Das war vor vier Monaten gewesen, und geändert hatte sich eigentlich nichts. Nur daß der Verurteilte noch eine Gnadenfrist erhalten hatte. Halt – es hatte sich doch etwas geändert, aber das hatte seine Lage kaum verbessert. Eher im Gegenteil.
Tony Mitchell hatte sein Wort gehalten, »gut betuchte« Patienten für ihn aufzutreiben.
Auf Tony Mitchells Empfehlung hin betreute Dr. Harry Brown jetzt als Hausarzt die ersten reichen Patienten seiner Laufbahn: Mr. und Mrs. Kurt Gresham.
Kurt Gresham war Multimillionär. Er besaß eine große Im- und Exportfirma mit Niederlassungen in aller Welt mit einem fast schon astronomischen Jahresumsatz. Sein Büro hatte er im Empire State Building.
Der Multimillionär litt an einem labilen Herzen und hatte ständig Übergewicht. Er aß zuiel und zu hastig. In seinem Zustand

waren häufige ärztliche Untersuchungen und eine ständige Überwachung und Neudosierung seiner Medikamente notwendig. Sein bisheriger Arzt war ein alter Herr, der die Absicht hatte, seine Praxis aufzugeben. Er überließ seine Patienten nach und nach jüngeren Kollegen. Jetzt war Kurt Gresham an der Reihe.
»Tony Mitchell hat mir eine Menge von Ihnen erzählt, Dr. Brown«, hatte Gresham gesagt, als sie zum erstenmal miteinander sprachen. »Außerdem habe ich mich auf eigene Faust ein bißchen umgehört. Es geht schließlich um mein Herz. Da will man doch wissen, mit wem man es zu tun hat.«
»Warum gehen Sie nicht gleich zu einem Herzspezialisten?« hatte Harry unverblümt gefragt.
Der massige Millionär lachte. »Eine gute Antwort, Doktor. Aber der alte Dr. Welliver war immer der Meinung, das sei nicht notwendig. Vielleicht hat er mir das nur eingeredet, um nicht die Gans zu verlieren, die ihm die goldenen Eier legte, aber das glaube ich eigentlich nicht. Auf jeden Fall gefällt mir das, was ich von Ihnen gehört habe. Nehmen Sie mich, Doktor?«
»Das kann ich Ihnen erst sagen, Mr. Gresham, wenn ich festgestellt habe, was mit Ihrem Herzen los ist. Ich möchte mir gern Dr. Wellivers Aufzeichnungen ansehen. Und ich möchte Sie bitten, sich einen ganzen Tag für eine gründliche Untersuchung frei zu machen.«
»Sagen Sie, wann es Ihnen paßt.« Der Multimillionär schien erfreut.
Er hatte den Fall Gresham sehr gründlich studiert und kam zu dem Ergebnis, daß er ihn sich durchaus zutrauen konnte. Und auch über diese Entscheidung schien sich der reiche Manager zu freuen.
Ihre berufliche Verbindung hatte sich also gut angelassen. Wäre es nur beim rein Beruflichen geblieben, dachte Harry Brown bedrückt.
Denn da war Mrs. Gresham – die vierte Mrs. Gresham, wie er von Tony erfuhr –, die bezaubernde Karen, wie derselbe unerschöpfliche Tony sie gern nannte.
Die bezaubernde Karen war die Frau, die Harry Sorgen machte.

Brown kam zehn Minuten nach acht im *Big Dipper* an. Tony und Karen waren schon da, saßen an einem Tisch an der Wand und hatten sich bereits über ihre Martinis hergemacht. Karen saß auf der Polsterbank, Tony ihr gegenüber.

»Wie du siehst, habe ich den Ehrenplatz für dich reserviert«, meinte Tony. Seine weißen Zähne blitzten in dem von einer guten Höhensonne gleichmäßig gebräunten Gesicht. Zu dem Kellner gewandt, der den Tisch beiseite rückte, damit Harry sich neben Karen setzen konnte, sagte er: »Zwei Wodka-Martini für unseren Doktor und noch eine Runde für Mrs. Gresham und mich.«

»Wo ist Kurt?« fragte Harry. Karen tastete unter dem Tischtuch nach seiner Hand.

»Du ahnst ja gar nicht, Harry, wie hinreißend deine buschigen Brauen wirken, wenn du sie unmutig zusammenziehst. Warum haben mir meine Eltern keine so hinreißenden Brauen vererbt?«

»Red keinen Unsinn, Tony«, fertigte ihn Karen ab. »Kurt hat eben angerufen – er kann nicht von seiner Arbeit fort. Enttäuscht?« Sie sah ihn mit ihren großen grünen Augen an und streichelte leicht und drängend seine Hand.

»Ja und nein«, sagte Harry. Er war schon wieder völlig aus dem Gleichgewicht und beeilte sich, seine Hand in Sicherheit zu bringen unter dem Vorwand, sich eine Zigarette anzuzünden.

»Da hast du die Diplomatie der Ärztezunft, mein Schatz«, spottete Tony Mitchell.

»Ich glaube, Harry ist wirklich enttäuscht.« Eine winzige Falte erschien auf Karens glatter Stirn. »Kurt fasziniert ihn. Stimmt's, Harry?«

»Zum Wohl.« Harry hob eins der Cocktailgläser, die der Kellner vor ihn hinstellte, und goß den Inhalt auf einen Zug hinunter.

»Für einen kommenden Modearzt ist das ein sehr uneigennütziger Trinkspruch«, kommentierte Tony. »Aber was deinen Mann betrifft, Karen – er ist wirklich ein außergewöhnlich faszinierendes Ungeheuer. Aus der umfangreichen Sammlung von Ungeheuern, die mir im Laufe meiner Praxis begegnet sind, kann ihm keiner das Wasser reichen.«

»Auf Kurt Gresham – Ungeheuer der Sonderklasse«, sagte Karen halblaut und nippte an ihrem Martini.

»Dann können wir ja gleich bestellen«, meinte der Anwalt. Der Kellner wartete mit gezücktem Bleistift. »Ente – das ist das richtige. Ente *à l'orange* – ein Gedicht, sage ich euch. Und was nehmt ihr?«

»Mir ist es egal«, meinte Karen.

Harry zuckte die Schultern.

»Hummercocktail als Vorspeise? Mit dieser verrückten Soße? Wacht auf, ihr Turteltauben, ich spreche mit euch.«
»Bestell, was du willst, Tony«, bestimmte Karen.
»Ja.« Harry beobachtete Karen über den Rand seines Glases hinweg. Dieses faszinierende Ungeheuer namens Kurt Gresham hatte unstreitig einen Blick für Frauen. Sie war eine Schönheit. Neben ihr sah ihr Mann aus wie eine Schießbudenfigur. Karen war kaum halb so alt wie Kurt Gresham.
Ja, eine Schönheit. Ein zartes Gesicht, von der Farbe und dem matten Schimmer edelsten Porzellans. Eine stolze, rassige Kopfhaltung. Aufregend kupferfarbiges Haar. Große, weit auseinanderstehende grüne Augen, mit einem halb wissenden, halb unschuldigen Ausdruck. Verwirrende, bezaubernde, unergründliche Augen ... Weiße Haut unter dem engen grünen Kleid mit dem gewagten Dekolleté. Das Kleid hätte mehrere seiner Monatseinkommen verschlungen, und das Smaragdkollier, das sich mit beinahe lebendiger Zärtlichkeit an ihren Hals schmiegte, war vermutlich mehr wert als die Lebensversicherung seines Vaters. Ja, der alte Gresham suchte sich die Frauen mit sicherem Blick aus. Und er wußte auch, wie man sie festhielt. Blitzartig durchzuckte es Brown: War er in Karen verliebt – oder nur in das Symbol all dessen, wonach er sich sein Leben lang verzweifelt gesehnt hatte?
Das Essen kam, wurde geschickt und unaufdringlich serviert und mit Tonys Spöttelei gewürzt. Die ganze Zeit spürte Harry nur die Wärme ihres Schenkels, die zärtliche, heimliche Liebkosung ihrer Finger. Sie saßen noch eine Weile bei Kaffee und Kognak. Seine Zunge lockerte sich. Er war angenehm benebelt und lachte sogar ein paarmal. Gegen elf sagte Tony: »Bist du mit deinem Wagen hier, Harry?«
»Ja.«
»Dann würde ich vorschlagen, daß du unsere Schöne heimbringst. Ich brauch' heute ein paar Augen voll Schlaf. Morgen hab' ich eine knifflige Verhandlung. Du bist mir nicht böse, Karen – oder? Laß nur, Lügen ist zu anstrengend.«
Sie gingen, während Tony die Rechnung bezahlte. Harry fuhr sie nach Hause und parkte im Dunkel der Park Avenue, kurz vor dem Heim der Greshams. Sie warf sich in seine Arme, zitternd vor Leidenschaft. »Ich lieb' dich, ich lieb' dich, ich lieb' dich ...«
Harry sagte nichts. Er preßte sie nur an sich. Was hätte er auch sagen können?

»Was sollen wir machen, Liebling? Wo, um Himmels willen, sollen wir hin?«

Er antwortete nicht. Für ihn gab es keine Antwort.

»Übers Wochenende fährt er weg«, sagte sie. »Freitag abend können wir uns sehen und Samstag und Sonntag. Allein. Nur wir beide, ja? Ja, Harry?«

»Ja.«

»Gute Nacht.«

»Ich bring' dich noch zur Haustür.«

»Heute nicht, Liebling. Bis Freitag, Ich ruf' dich an, sobald er aus dem Haus ist.«

Er fuhr zurück in die Stadt. Gewissensbisse plagten ihn. War er verliebt? Verschossen, ja verknallt. Verrückt. Aber Liebe? Heirat? Sie war ihm gegenüber ganz ehrlich gewesen. Sie hatte einen alten Mann und seinen Reichtum geheiratet – er war der letzte, der das nicht verstanden hätte – und vermochte den Gedanken nicht zu ertragen, daß sie den Reichtum wieder verlieren könnte. Gresham gab ihr keinen Scheidungsgrund, er war verrückt nach ihr. Wenn sie sich schuldig scheiden ließ, mußte sie leer ausgehen. Ihre wild hervorgestoßenen Worte verfolgten ihn: »Ich lieb' dich, Harry. Was sollen wir tun?«

Er glitt in die Parklücke vor seinem Haus in der Barrow Street und schloß den Wagen ab.

Der schäbige Hausflur war leer. Er fuhr mit dem quietschenden Fahrstuhl hinauf in den dritten Stock, schloß seine Wohnungstür auf, riegelte hinter sich ab, knipste in der Diele an, hängte seinen Hut an den Garderobenhaken und ging ins triste Wohnzimmer. Mit der linken Hand tastete er nach dem Schalter und machte Licht. Da sah er das Mädchen.

Es war schlank und brünett und sah ihn aus weit geöffneten Augen an. Sie trug ein schlichtes schwarzes Kleid und schwarze Lackschuhe, auf die die grelle Deckenbeleuchtung helle Glanzlichter setzte. Sie saß in einem Sessel. Er hatte sie noch nie gesehen.

»Guten Abend«, sagte Dr. Brown verblüfft. »Wer sind Sie? Wie kommen Sie in meine Wohnung?«

Sie starrte ihn an, ohne zu antworten.

Mit ein paar schnellen Schritten war er bei ihr und packte sie an der Schulter. Sie kippte seitlich um und schlug schwer auf den Dielenbrettern auf. Da endlich begriff er.

Sie war tot.

Der rangälteste Beamte erinnerte ihn an seinen Vater. Es war irgendwie ein tröstliches Gefühl. Er war ein älterer, sehr großer Mann mit hängenden Schultern und graumeliertem Haar. Der Anzug schlotterte an ihm, als sei er zwei Nummern zu groß.

Seine grauen Augen waren klar, verständnisvoll und müde, seine Stimme langsam, tief und ruhig. Er hatte sich als Kriminallieutenant Galivan vorgestellt. Während die Techniker eifrig mit ihren Apparaturen beschäftigt waren, stellte Galivan halblaut seine Fragen.

»Sie wissen genau, daß Sie die Frau noch nie gesehen haben?«

»Ganz genau.«

»Haben Sie eine Ahnung, wer sie sein könnte?«

»Nicht die leiseste.«

»Vielleicht eine Patientin?«

»Bestimmt nicht.«

»Jemand, der einen Patienten zu Ihnen begleitet haben könnte?«

»Möglich. Ich kann nur wiederholen, daß ich, soweit ich mich erinnern kann, diese Frau noch nie in meinem Leben gesehen habe.«

»Und Sie können sich nicht vorstellen, was sie in Ihrer Wohnung suchte?«

»Das sollte doch jedem einleuchten«, fuhr Brown ärgerlich auf. »Selbst den Herren von der Polizei. Vielleicht hat es ihr Spaß gemacht, als Leiche zu posieren?«

»Sachte, sachte, Doktor. Wenn Sie die Wahrheit sagen ...«

»Verdammt noch mal, bezweifeln Sie das?«

»... dann kann ich verstehen, wie Ihnen zumute ist.« Der Kriminalbeamte lächelte mit tabakgelben Zähnen. »Aber Sie müssen auch mich verstehen. Wenn Sie, wie gesagt, die Wahrheit sagen, ist das Ganze ziemlich absurd. Das müssen Sie doch zugeben. Eine Frau, die Sie noch nie gesehen haben, taucht plötzlich als Leiche in Ihrer Wohnung auf.«

»Das stimmt schon. Aber wegdiskutieren läßt sie sich nun mal nicht.«

Galivan sah ihn an. Harry kam sich vor wie unter dem Mikroskop. »Sie hatten abgeschlossen?«

»Ich hatte abgeschlossen, als ich ging, und es war abgeschlossen, als ich zurückkam.«

»Und niemand hat einen Zweitschlüssel?«
»Diese Frage habe ich Ihnen schon beantwortet. Nicht einmal der Hausmeister hat einen Schlüssel. Ich habe das Schloß selber eingebaut, als ich die Wohnung mietete.«
»Eine komische Angelegenheit.« Der Kriminalbeamte kramte aus seiner Tasche seine Rauchutensilien hervor und stopfte sich gemächlich eine Pfeife. Harry wartete, siedend vor Ungeduld. »Übrigens«, fuhr Galivan fort, als er die Pfeife in Brand gesteckt hatte, »der medizinische Gutachter sagt, daß die Frau schon seit einigen Stunden tot ist.«
»Das weiß ich«, sagte Harry Brown ungeduldig. »Ist Ihnen entfallen, daß ich zufällig Arzt bin?«
»Und Sie sind, wie Sie sagen, den ganzen Tag über nicht in Ihrer Wohnung gewesen?«
»Sehr richtig. Ich bin um elf Uhr weggegangen.«
»So lange ist sie bei weitem nicht tot. Das ist ein Pluspunkt für Sie, Doktor. Wenn Sie, wie gesagt, die Wahrheit sagen. Sind Sie bestimmt tagsüber nicht mehr hiergewesen?«
Harry Brown rang um Fassung. »Bestimmt nicht. Ich habe mit Freunden zu Abend gegessen.«
»So? Mußten Sie sich da nicht umziehen?«
»Das habe ich in meiner Praxis getan. Gegen sieben habe ich mich geduscht, rasiert und umgezogen.«
»So etwas läßt sich nachprüfen.«
»Tun Sie sich keinen Zwang an.«
»Murphy?« Ein breitschultriger junger Kriminalbeamter in Zivil kam näher. »Dr. Brown sagt, daß er sich gegen sieben in seiner Praxis geduscht, rasiert und umgezogen hat. Er wird Ihnen den Schlüssel zu seinen Praxisräumen geben. Okay, Doktor?«
Stumm löste Dr. Harry Brown den Schlüssel vom Bund und reichte ihn dem jungen Mann.
»Die Adresse brauche ich noch«, ließ sich der Beamte ganz freundlich vernehmen.
Harry sagte sie ihm.
Der junge Mann nickte und ging.
»Der Junge ist Experte auf diesem Gebiet«, bemerkte Galivan. »Ich hoffe in Ihrem Interesse, daß Sie die Wahrheit sagen.«
Harry preßte die Lippen zusammen. Er war plötzlich todmüde.
»Und dann? Sie gingen zum Essen«, fuhr der Beamte fort. »Wohin?«

»In den *Big Dipper*. Ich habe mich dort kurz nach acht mit Freunden getroffen, mit Anthony Mitchell, einem Rechtsanwalt, und Karen Gresham, einer Patientin, die ich privat durch Mr. Mitchell kennengelernt habe.« Er bemühte sich, den leicht gereizten Ton beleidigter Unschuld beizubehalten. Die Polizei durfte keinen Verdacht schöpfen, daß zwischen ihm und Karen etwas war. »Ich fuhr Mrs. Gresham nach Hause, setzte sie gegen elf vor ihrem Haus in der Park Avenue ab, fuhr heim – und fand diese Bescherung vor.«
»Wie bald nach Ihrer Rückkehr haben Sie uns angerufen, Dr. Brown?«
»Sekunden danach.«
»Verstehe. Kann ich Mr. Mitchells und Mrs. Greshams Adresse haben?«
»Ich sehe nicht ein, weshalb Sie meine Freunde in diese Geschichte hineinzerren müssen.«
»Von Hineinzerren kann gar keine Rede sein, Dr. Brown. Es handelt sich nur um eine routinemäßige Überprüfung Ihrer Aussage. Würden Sie mir jetzt also bitte die Adressen nennen?«
Harry gehorchte.
Der Beamte schrieb sich die Anschriften auf. Dann fragte er, dicke Rauchwolken ausstoßend: »Ach, da fällt mir ein, Doktor: Haben Sie eigentlich viel mit Abtreibungen zu tun?«
Einen Augenblick verschlug es Harry die Sprache. Dann lachte er laut auf.
»Finden Sie das so lustig?« erkundigte sich Galivan ruhig. Er nahm die Pfeife aus dem Mund.
»Sehr lustig, Lieutenant. Zum Totlachen geradezu. Die Antwort lautet: nein. Ich mache keine Abtreibungen, und ich kenne auch keinen Kollegen, der sich zu so etwas hergibt. Ich wüßte nicht, wo ich eine Patientin hinschicken sollte, die das von mir verlangte.«
Galivan ließ die Augen nicht von ihm. »Kennen Sie einen Arzt, der eine Patientin dieser Art zu Ihnen schicken würde?«
»Ach, jetzt kapiere ich. Sie glauben, die Tote . . .« Harry zuckte die Schultern. »Nein, ich wüßte nicht . . .«
Ein Techniker kam herein. »Wir sind hier fertig, Lieutenant.«
»Was gefunden, Closkey?«
Der Mann streifte Harry mit einem flüchtigen Blick. »Nein«, sagte er. Dann ging er davon.

»Am Körper sind übrigens keine Anzeichen von Gewaltanwendung festzustellen«, sagt Galivan zu Harry. »Was würden Sie als Arzt für die Todesursache halten?«
»Diese Entscheidung überlasse ich lieber Ihren medizinischen Gutachtern, Lieutenant.«
»Es wird natürlich eine Obduktion vorgenommen. Ihre Antwort hätte mich nur interessiert. Wie wär's – wollen Sie eine kleine Spazierfahrt mit mir machen?«
»Habe ich überhaupt eine Wahl?«
»Aber sicher.« Galivan paffte wie eine Lokomotive zu Großvaters Zeiten. »Sie können freiwillig mitkommen, oder ich kann den strengen Gesetzeshüter herauskehren.«
Harry Brown sah ihn fassungslos an. »Soll ich das so verstehen, daß Sie mich verhaften? Als Verdächtigen?«
»Unter welchem Verdacht, Doktor?«
»Was weiß ich . . . Unter Mordverdacht vielleicht.«
»Sie glauben also, daß die Frau ermordet wurde?«
»Stimmt das nicht?«
»Was würden Sie sagen?«
»Ach, gehen Sie zum Teufel«, zischte Harry.
»Jetzt hören Sie mir mal genau zu, Dr. Brown«, sagte der Kriminalbeamte. »Diese Sache könnte sich für Sie zu einer sehr üblen Geschichte auswachsen, ob Sie nun die Wahrheit sagen oder nicht.« In seiner Stimme schwang tatsächlich Mitgefühl mit. »Mir liegt nichts daran, Sie zu schikanieren. Ich weiß, daß es für einen Arzt schlecht ist, wenn er in eine polizeiliche Ermittlung verwickelt wird. Aber ich kann's genausowenig ändern wie Sie. Nur, wenn Sie mit irgendwelchen Aussagen hinterm Berg halten, ist das für Sie noch tausendmal schlimmer.«
»Aber ich halte mit nichts hinterm Berg«, rief Brown außer sich. »Wie oft soll ich Ihnen das noch sagen? Was verlangen Sie eigentlich von mir? Daß ich erkläre, ich hätte das Mädchen gekannt, obwohl ich es noch nie gesehen habe? Der Fall ist mir genauso schleierhaft wie Ihnen.«
Überraschend sagte Lieutenant Galivan: »Ich bin geneigt, Ihnen zu glauben. Nur ein Verrückter würde unter diesen Umständen eine solche Geschichte aus der Luft greifen. Aber vielleicht haben Sie wirklich nicht alle Tassen im Schrank, Doktor. Wir werden das nachprüfen. Wir werden Sie auf Herz und Nieren prüfen, darauf können Sie sich verlassen. Natürlich geht das nicht gegen Sie per-

sönlich . . . Also – gehen wir.«

Auf dem Revier führte Galivan ihn in einen kahlen, schäbigen kleinen Raum. »Bevor wir uns mit den Formalitäten beschäftigen, werde ich Sie erst einmal Ihrem Schicksal überlassen. Hier haben Sie Zeit zum Nachdenken.«

»Nachdenken? Worüber?«

»Wenn Sie die Wahrheit sagen, Doktor, dann hat Ihnen ein Zeitgenosse einen sehr üblen Streich gespielt. In Ihrem eigenen Interesse müssen Sie jetzt Ihren Patienten- und Ihren Bekanntenkreis durchkämmen und sich überlegen, ob Sie jemanden kennen, der so gemein ist, Ihnen diese Schweinerei einzubrocken.«

Galivan ging hinaus und schloß die Tür. Brown setzte sich auf einen harten, mit Brandflecken und grob geschnitzten Sinnsprüchen verzierten Stuhl und dachte nach.

Nach knapp sechzig Sekunden stand für ihn fest, daß dies das Werk von Kurt Gresham sein mußte.

Vor zwei Wochen hatte um Mitternacht bei ihm zu Hause das Telefon geklingelt. Als er schlaftrunken nach dem Hörer griff, klang Kurt Greshams wohlbekannte Stimme über den Draht: gemessen, übergenau artikulierend, fast geziert: »Harry? Harry, können Sie gleich in Ihre Praxis kommen?«

»Was ist passiert? Was gibt's denn?«

»Ein dringender Fall. Wann können Sie da sein, Harry?«

»In einer halben Stunde.«

Vierundzwanzig Minuten später war er in seiner Praxis. Fünf Minuten darauf klingelte es. Dr. Brown öffnete. Vor der Tür standen Kurt Gresham und ein Mann mit unangenehm stechenden Augen, der eine Frau mit gorgonzolagrünem Gesicht stützte. Die Frau war dick, hatte schmale Lippen und trug ein teures Abendkleid. In ihrer nackten Schulter, dicht unter der Haut, steckte eine Kugel. Der Fall erforderte kaum mehr als Erste Hilfe. Er hatte die Kugel vorsichtig entfernt, die Wunde geklammert und eine Spritze gegen mögliche Infektionen gegeben. Dann brachte der Mann mit den stechenden Augen die Frau fort. Die beiden hatten nicht einen Ton von sich gegeben. »Bravo, Harry«, ließ Kurt Gresham sich vernehmen. »Das war schnelle, saubere Arbeit.«

»Mr. Gresham . . .«

»Kurt«, hatte Gresham freundlich gesagt. »Wir sind doch Freunde, oder?«

»Also schön: Kurt.« Es war ihm vorgekommen, als schlösse sich eine Falle um ihn. »Sie müssen mir schon sagen, was das alles zu bedeuten hat.«
»Muß ich das?« fragte Gresham mit unveränderter Freundlichkeit.
»Natürlich. Die Frau hatte eine Schußwunde. Die Vorschrift besagt, daß alle Schußwunden vom behandelnden Arzt der Polizei gemeldet werden müssen.«
»Ich kenne die Vorschriften, Harry. Sie tun mir einen großen persönlichen Gefallen, wenn Sie den Vorfall nicht melden.«
Harry Brown hatte ihn fassungslos angesehen. »Ist das Ihr Ernst? Das könnte mich meine Approbation kosten.«
»Ich weiß.« Der Millionär hatte gelächelt. »Aber das brauchen Sie nicht zu befürchten. Ich garantiere absolute Verschwiegenheit aller Beteiligten. Natürlich erwarte ich nicht, daß Sie dieses Risiko – obschon es verschwindend gering ist – ohne angemessene Entschädigung eingehen. Genügt das?«
Er legte einen Scheck auf Harrys Schreibtisch. Es war ein Scheck über fünfhundert Dollar.
»Nein«, sagte Brown.
»Die Frau hat keine strafbare Handlung begangen, Harry. Sie stand nur zufällig dabei, als . . .«
»Dann braucht sie sich ja keine Sorgen zu machen«, unterbrach Harry grob. »Und Sie auch nicht.«
»Bitte, lassen Sie mich ausreden, Harry.«
»Meinetwegen. Aber ich werde nicht meine Approbation aufs Spiel setzen . . .«
». . . für lumpige fünfhundert Dollar?« Der Dicke machte ein gekränktes Gesicht. »Harry, Sie haben mich falsch eingeschätzt. Das ist doch nur ein Anerkennungshonorar. Hören Sie jetzt zu. Ich besitze eine große Anzahl von Nachtklubs. Überrascht Sie das? Diese Nachtklubs liegen hier in New York, zwei in Washington, mehrere in Philadelphia, Chikago, Miami. Niemand weiß, daß die Klubs mir gehören. Dafür sorgt ein raffiniert ausgeklügelter Gesellschaftsvertrag. Es ist mir angenehmer so. Sie sehen – ich verberge Ihnen nichts.«
Harry spürte, daß sich in ihm etwas zusammenzog, während er der gemessenen Stimme lauschte und das glatte fleischige Gesicht betrachtete. »Das gefällt mir nicht, Mr. Gresham . . .«
»Kurt.«

»Kurt. Die Antwort ist immer noch nein.«
»Aber warum, Harry? Viele Geschäftsleute stecken ihr überschüssiges Kapital in andere Unternehmen . . .«
»Um diese Kapitalanlage sorgfältig vor der Welt geheimzuhalten?«
»Warum nicht? Warum sollte ich mein Geschäftsleben komplizieren, indem ich in aller Öffentlichkeit ausposaune, daß ich Nachtklubbesitzer bin? Die Anonymität hat ihre Vorteile . . .«
»Sie meinen«, sagte Harry gepreßt, »weil bei Ihrer anonymen Nebenbeschäftigung ab und zu eine Schußwunde anfällt?«
»Zum Teil auch deshalb«, antwortete Gresham, ohne zu zögern. »Ab und zu tanzt ein Gast aus der Reihe, trinkt zuviel – trotz der Vorsichtsmaßnahmen, die meine Leute ergreifen –, fängt an, Krawall zu machen. Nicht oft, Harry. Und manchmal trifft es sich eben, daß dieser Gast ein Schießeisen bei sich trägt. Es kommt also vor, daß jemand verletzt wird und ärztliche Hilfe braucht. Nachtklubs brauchen, genau wie Ärzte, Zulassungen, um arbeiten zu können. Schießereien oder andere Scherereien gefährden die Lizenz. Auf jeden Fall wird die Polizei aufmerksam. Ich lege keinen Wert darauf, daß meine Nachtclubs unter die Lupe genommen werden. Man könnte entdecken, daß sie mir gehören, und das wäre mir, wie gesagt, nicht lieb. Um das zu verhindern, habe ich allerlei unternommen. Unter anderem arbeitet seit Jahren ein Arzt für mich, der bei solchen Zwischenfällen diskret einspringt. Lange Zeit hat das Dr. Welliver getan. Nachdem er sich jetzt zur Ruhe gesetzt hat, möchte ich, daß Sie . . .«
»Nein!«
»Dr. Welliver hat nie Schwierigkeiten gehabt. Ich kann Sie schützen . . .«
»Nein.«
Gresham schien nicht gekränkt. »Na, lassen wir das vorläufig. Natürlich haben Sie einen mächtigen Schrecken bekommen. Das ist meine Schuld, Harry. Ich hätte Sie vorbereiten sollen. Aber bedenken Sie bitte, daß ich Sie ja nicht zu einem Verbrechen anstiften will. Es geht mir nur um Ihre Hilfe in den seltenen Fällen, wenn . . .«
»Nein!«
»Nun, das Nein lasse ich erst gelten, wenn Sie über meinen Vorschlag gründlich nachgedacht haben, Harry. Ich wiederhole: Finanziell würde es sich durchaus lohnen.«

»Nein.«
Aber er hatte nicht protestiert, als Kurt Gresham den Scheck über fünfhundert Dollar auf seinem Schreibtisch liegenließ. Er hatte den Scheck in sein Schreibtischfach geworfen und ihn nicht zerrissen. Er hatte den Besuch der verletzten Frau und die beiden folgenden Besuche zur Nachbehandlung, die beide spätabends, lange nach der Sprechzeit, erfolgten, nicht der Polizei gemeldet. Und in der folgenden Woche hatte er das Schreibtischfach aufgeschlossen, den Scheck in die Tasche geschoben und ihn eingelöst.
Ja, die geheimnisvolle Tote hatte etwas mit Kurt Gresham zu tun. Es gab einfach keine andere Erklärung. Aber wie und wozu sie in seine Wohnung eingedrungen war und warum Gresham ihm vorher nichts gesagt hatte – das waren Fragen, auf die Harry Brown keine Antwort wußte.
Nur eins wußte er ganz genau: Er steckte in der Tinte. Bis zum Hals.
Die Tür des kahlen Revierraumes öffnete sich, und Galivan trat ein. »Ist Ihnen was eingefallen, Doktor?«
»Nichts.«
»Wir haben uns in Ihrer Praxis umgesehen. Sie haben sich tatsächlich geduscht, rasiert und umgezogen. Hier ist Ihr Schlüssel.«
Harry nahm ihn schweigend entgegen. »Übrigens – wie sind Ihre Sprechzeiten?«
»Zwölf bis zwei, vier bis sieben, sonst nach Vereinbarung.«
»Tja, wir haben da ein paar interessante Dinge über das Mädchen erfahren.«
»Ich bin ganz Ohr.«
»Leider haben wir ihre Handtasche nicht gefunden. Wir wissen also nicht, wie sie heißt oder wo sie wohnt. Aber sie war elegant gekleidet und hätte mit ihrem Körper Reklame für einen Schönheitssalon machen können. Kennen Sie eine Frau mit den Initialen L. M.?«
Harry dachte nach. »Eine oder zwei meiner Patientinnen kämen vielleicht in Frage. Warum, Lieutenant?«
»Auf ihren Höschen waren die Initialen L. M. eingestickt. Sie haben in Ihrer Praxis auch Betäubungsmittel verschrieben, Doktor?«
»Natürlich.« Er hob mit einem Ruck den Kopf.
»Viel?«
»Nicht mehr als üblich.«

»Führen Sie darüber Buch?«
»Selbstverständlich.«
»Wir werden uns heute abend Ihr Giftbuch ansehen. Wir werden auch Ihre Kartei nach Patientinnen mit den Initialen L. M. durchsehen. Tut mir leid, daß wir Ihnen das Leben so schwermachen, Doktor.«
»Weshalb fragen Sie nach den Betäubungsmitteln?« fragte Harry beiläufig. Jedenfalls hoffte er inständig, daß es beiläufig klang.
»Das Mädchen ist an einer Überdosis Heroin gestorben. Sie war süchtig. Tja, dann wollen wir mal loslegen, Doktor. Zuerst also das offizielle Protokoll.«
Im Dienstzimmer des Reviers nahm ein Polizeistenograf seine Aussage auf. Dann fuhr Harry mit Galivan, dem jungen Murphy und zwei weiteren Beamten in seine Praxis und ging mit ihnen die Bücher und Karteien durch.
»Das Giftbuch ist offensichtlich in Ordnung«, erklärte Galivan schließlich.
»Vielen Dank für die Blumen«, bemerkte Harry sarkastisch.
Sie fanden drei Patientinnen mit den Initialen L. M. Die Behandlungen lagen allerdings schon ein Jahr zurück. Trotz der späten Stunde rief Galivan bei ihnen an.
Alle drei waren selbst am Apparat und machten einen durchaus lebendigen Eindruck.
»Tja, das wär's, Doktor«, sagte Galivan. »Sie können uns jetzt nicht mehr weiterhelfen. Nun müssen wir sehen, wie wir diese harte Nuß knacken. Ich halte Sie auf dem laufenden. Soll ich Sie noch nach Hause fahren?«

Sechs Tage später erschien Lieutenant Galivan in Dr. Harrison Browns Praxis. Es war zwölf Uhr mittags.
»Sie haben das Mädchen identifiziert?« sagte Harry.
»Endlich.« Galivan ließ sich in einen Sessel fallen und seufzte abgrundtief. »Und wieder mal haben wir es nur durch zähe Routinearbeit geschafft. Ihr Kleid, das ziemlich neu aussah, trug ein Firmenschild von Lord & Taylor. Wir haben dort alle Kundenkonten der letzten zwei Jahre nach den Initialen L. M. durchgeforstet. Nichts. Daraufhin sind wir tagelang durch Tausende von Kassenzetteln gewatet. Die Arbeit der Polizei ist ja bekanntlich atemberaubend interessant. Dabei haben wir sie dann gefunden: Lynne Maxwell. Na, fällt bei Ihnen der Groschen, Doktor?«

Harry schüttelte den Kopf. »Lynne Maxwell? Nie gehört.«
»Das ist eben der Moloch Großstadt«, sagte der Detektiv bekümmert. »Da lebt und stirbt man praktisch Tür an Tür und ist doch mondenweit voneinander entfernt.«
»Was soll das heißen, Lieutenant?« fragte Harry scharf.
»Sie beide waren praktisch Nachbarn. Lynne Maxwell wohnte in der Bank Street. Eine Malerin mit einem Atelier wie eine Filmkulisse.«
»Malerin?« Harry runzelte die Stirn. »Warum hat sie niemand als vermißt gemeldet?«
»Erstens lebte sie allein, zweitens hatte sie Geld. Eine reiche Erbin aus Denver, Colorado. Drittens war sie unverheiratet. Viertens hatte sie keinen ständigen Begleiter und ging selten aus. So ein Mensch kann vom Erdboden verschwinden, ohne daß ein Hahn nach ihm kräht. Neunundzwanzig. Ein Jammer, was?«
»Wirklich ein Jammer.«
»Die wenigen Leute, die sie überhaupt kannten, sagen, daß sie das Geld mit vollen Händen ausgab – meist für Kleidung und Kosmetika. Ab und zu hatte sie einen Freund – aber nie was Ernsthaftes. Im Grunde war sie ein Einzelgänger, hatte keine Bindungen. Übrigens hat nicht einer ihrer Bekannten sie je mit einem Dr. Harrison Brown gesehen. Sie haben noch nie was von einem Dr. Harrison Brown gehört. Das sollte Sie eigentlich freuen, Doktor.«
»Es ist mir vollständig egal. Ich habe Ihnen von Anfang an die Wahrheit gesagt.«
»Fressen Sie mich nicht gleich auf, Doktor. Ich dachte nur, es würde Sie interessieren, was wir festgestellt haben.«
»Vielen Dank, Lieutenant«, sagte Harry mechanisch. »Aber Sie können sich vielleicht vorstellen, daß mir diese Sache sehr zu schaffen gemacht hat. Was würden Sie sagen, wenn Sie nach Hause kämen und eine Tote vorfänden, die Sie nicht kennen und von der Sie noch nie gehört haben?«
»Ich würde etwas sagen, was nicht im Wörterbuch für höhere Töchter steht.«
»Eben. So habe auch ich reagiert. Ich habe mein Schloß auswechseln lassen, aber für jemanden, der das erste geknackt hat, dürfte auch das zweite kein Hindernis sein. Ich schlafe nicht mehr gut.«
»Das kann ich mir vorstellen«, sagte der Kriminalbeamte mitfühlend. »Es wird Sie vielleicht freuen zu hören, daß wir diesen Fall

noch nicht abschließen.«
Harry starrte ihn an. »Weshalb?«
»Ihretwegen.«
»Meinetwegen?«
Galivan rieb sich nachdenklich das Kinn. »Sehen Sie, Doktor, ich bin im Morddezernat. Der Fall sieht auf den ersten Blick nicht nach Mord aus. Diese Lynne Maxwell hat sich – absichtlich oder unabsichtlich – umgebracht, indem sie mehr Koks in ihren Körper pumpte, als ihm zuträglich war. Sie kann in ihrem Atelier gestorben sein oder auf der Straße, vielleicht sogar erst in Ihrer Wohnung. Wenn sie in ihrem Atelier oder auf der Straße gestorben ist, muß jemand sie in Ihre Wohnung geschafft haben. Warum? Wenn sie aber in Ihrer Wohnung gestorben ist, erhebt sich die Frage: Was hatte sie da zu suchen? Wie kam sie hinein? Und warum? Sie verstehen, worauf ich hinauswill?«
»Ja«, sagte Harry bedrückt.
»Der Fall bleibt also offen. Ob Unglücksfall, ob Selbstmord – die Tatsache bleibt bestehen, daß Sie die Frau tot in Ihrer Wohnung vorgefunden haben. Die Gründe hierfür sind noch nicht geklärt, und ungeklärte Fälle pflegen wir nicht zu den Akten zu legen. Die Sache geht mir nach – das können Sie mir glauben.«
»Nicht nur Ihnen, Lieutenant.«
Galivan erhob sich. »Das wär's. Wenn Sie was Neues hören, lassen Sie's mich bitte gleich wissen.«
»Natürlich, Lieutenant.«
Es war ein Uhr. Er war gerade dabei, einen Patienten zu untersuchen, als der Summer auf seinem Schreibtisch ertönte.
»Mr. Gresham am Apparat, Herr Doktor«, sagte seine Sprechstundenhilfe. »Können Sie das Gespräch übernehmen?«
»Jetzt nicht. Richten Sie ihm aus, daß ich zurückrufe.«
»Er sagt, es ist dringend.«
»Jetzt untersuche ich«, gab er scharf zurück. »Ich rufe zurück.«
Als Harry sich schließlich bei Gresham meldete, sagte dieser leicht verärgert: »Ich hatte extra gesagt, es sei dringend.«
»Ich pflege nicht wegen eines Telefongesprächs meine Untersuchung abzubrechen. Was wollen Sie?«
»Ich muß Sie sprechen.«
»Ach? Das trifft sich gut. Ich muß Sie nämlich auch sprechen.«
Stille. Dann lachte Gresham amüsiert. »Schau, schau. Sie haben es sich also an Ihren großen Fingern abzählen können, was?«

»Abzählen können?«
»Die Sache mit Lynne Maxwell.«
Jetzt schwieg Harry einen Augenblick. Er war ärgerlich, verwirrt und sonderbar hilflos.
Dann fragte er knapp: »Wo und wann?«
»Drei Uhr? In meinem Büro?« tönte die gezierte Stimme.
»Ich komme.«

3

Zum erstenmal sah Harry sich sein Gegenüber gründlich an.
Gresham war ein massiger Mann. Alles war rund an ihm. Er hatte ein rundes rötliches Gesicht und fast frauenhaft feines, weißes Haar. Seine Augen waren hell wie Gletschereis in der Wintersonne. Seine Nase war rund, und auch sein kleiner Mund mit den sehr roten Lippen war rund. Er sah gutmütig und harmlos aus wie ein Posaunenengel. In Wirklichkeit, dachte Dr. Harry Brown grimmig, war er ungefähr so harmlos wie eine niedliche, kleine runde Wasserstoffbombe.
»Harry«, begann Kurt Gresham, »ich muß Ihnen ein Geständnis machen. Ich möchte Sie für mich gewinnen. Wenn es mir nicht gelingt, schön, dann hab' ich eben Pech gehabt. Aber ich warne Sie: Wenn Sie auch nur mit einem Wort mein Vertrauen mißbrauchen ...« Der Millionär schüttelte den Kopf. Sein feister Körper wackelte im Takt mit. »Das könnte ich sehr übelnehmen, Harry. Ich bin kein Gewaltmensch. Ganz im Gegenteil. In meinen Augen ist Gewalt eine Waffe der Dummen, die in ihren Händen durch übermäßigen Gebrauch stumpf geworden ist. Ich greife nur dann zur Gewalt, wenn es wirklich nicht anders geht. Als letzte Möglichkeit. Drücke ich mich klar genug aus, Harry?«
»Vollkommen. Sie drohen mir damit, mich umbringen zu lassen, wenn ich nicht den Mund halte.«
Die weibischen Lippen öffneten sich zu einem kleinen, runden Lächeln. »Nicht sehr fein formuliert, Harry – aber ich sehe, wir verstehen uns.«
»Den Teufel verstehen wir uns. Sie können mir gestohlen bleiben mit Ihrem sogenannten ›Geständnis‹. Ich will nur eins wissen: Warum haben Sie die Leiche dieser Lynne Maxwell in mei-

ner Wohnung deponieren lassen?«
Gresham klappte mit den Augendeckeln. »Sie sind wirklich ein bemerkenswert gescheiter junger Mann, Harry. Aber Sie müssen mir in diesem Fall schon gestatten, auf meine Art . . .«
»Nichts gestatte ich. Beantworten Sie meine Frage!«
Die seidenweichen Brauen zogen sich verdrießlich zusammen, die farblosen Augen wurden zu Schlitzen. Einen lächerlichen Augenblick lang stand vor Harry Browns geistigem Auge der Saal auf der Kinderstation des Krankenhauses, in dem die Säuglinge in langen Reihen in ihren Körbchen lagen. Er sah sich kurz vor der Fütterungszeit in die vielen runden, zum Weinen verzogenen Babygesichter blicken. Aber Greshams Stimme hatte nichts Babyhaftes an sich. Sie war hart, fordernd, voll wilder Selbstüberschätzung. »Sie haben die Frechheit, in diesem Ton mit mir zu reden? Niemand redet so mit mir. Niemand! Niemand!« Das letzte Wort war schon fast ein Schrei. Doch dann glättete sich die Stirn, die Augen und der Mund wurden wieder sanft und rund. »Entschuldigen Sie, Harry. Sie dürfen mich nicht ärgern. Ärger ist Gift für ein schwaches Herz, das wissen Sie selbst am besten.«
»Ich bin nicht als Ihr Arzt hier. Wie war das mit Lynne Maxwell?«
»Harry, ich bewundere Sie. Sie sind ein harter, prachtvoller Bursche. Es liegt mir viel daran, Sie auf meiner Seite zu wissen.«
»Wie war das mit Lynne Maxwell?«
»Ich komme gleich darauf zu sprechen. Erst möchte ich noch ein paar Worte über mich sagen. Und über Sie. Über unseren gemeinsamen Weg.«
»Es wird keinen gemeinsamen Weg geben, Gresham.«
»Woher wollen Sie das wissen, mein Junge?«
»Wie war das mit Lynne Maxwell?«
»Bitte, Harry, hören Sie zu!«
Brown ließ sich in den breiten Polstersessel zurückfallen und sah an Greshams rundem Kopf vorbei zum Fenster hinaus. Es war ein großes Fenster, und der blaue Himmel davor schien sehr nahe. Sie saßen hoch über der Stadt, im 55. Stockwerk. Er wartete mit dumpfer Unruhe auf das, was jetzt kommen mochte.
»Wissen Sie, womit ich mein Geld verdiene, Harry?«
»Import, Export.« Er schüttelte eine Zigarette aus der Packung und durchkramte seine Taschen nach der Streichholzschachtel.
»Und wissen Sie auch, welches mein größter Importartikel ist?«

»Woher soll ich das wissen?« Er hatte die Schachtel gefunden und ließ ein Streichholz aufflammen.
»Heroin.«
Harry hielt das brennende Streichholz in der Hand wie eine winzige Fackel.
»Zünden Sie die Zigarette an, Harry«, mahnte Kurt Gresham lächelnd. »Sie verbrennen sich noch die Finger!«
Er gehorchte. Dann legte er das verkohlte Streichholz so vorsichtig, als sei es aus Glas, in einen matt schimmernden Aschenbecher aus Jade. »Heroin«, wiederholte er.
»Das hört sich so schockiert an«, bemerkte unentwegt lächelnd der Dicke.
»Was haben Sie erwartet, Gresham? Daß ich Ihnen vor Begeisterung um den Hals falle?« Er sprang auf.
Der Millionär faltete gelassen die Hände über dem Kugelbauch.
»Wie jung Sie sind, Harry. Sie müssen noch viel lernen. Nein, setzen Sie sich bitte und hören Sie mich zu Ende an.«
»Ich habe genug gehört.«
»Es wird Ihnen nicht wehtun, wenn Sie noch ein paar Minuten die Ohren aufsperren. Also bitte ...«
»Meinetwegen. Aber wenn Sie denken, daß ich mich mit einem Rauschgiftschmuggler einlasse, sind Sie schief gewickelt. Ich kenne die Verwüstungen, die Rauschgift im menschlichen Körper anrichtet. Und ich weiß auch, wie Sie und Ihresgleichen vorgehen. Neugierige Schulkinder werden mit kostenlosen Proben verlockt, finden Gefallen am Koks, geraten auf die schiefe Bahn, rutschen immer mehr und mehr ins Kriminelle ab, um sich das Geld für die tägliche Spritze zu verschaffen ...«
»Sie sind ja erstaunlich gut informiert, mein lieber Doktor.« Der Kugelkörper Greshams erzitterte in lautlosem Lachen. »Soll ich Ihnen mal was sagen, Harry? Nichts wissen Sie. Keine Ahnung haben Sie von dem, was ich treibe, von meinem Rauschgifthandel.«
»So?« gab Harry höhnisch zurück. »Sie sind ein Sonderfall, was? Verschenken Sie das Zeug vielleicht?«
»Das nicht. Aber mein Werk dient trotzdem dem Wohl der Menschheit.«
»Dem Wohle der Menschheit ...«, würgte Harry hervor.
»Allerdings.« Gresham nickte. »Wissen Sie denn, bei wieviel Hunderttausenden von Menschen in unserem Land es sich nicht

um neugierige Schulkinder handelt, die von skrupellosen Schiebern verlockt werden, oder um Gammlertypen, denen es um billige Sensatiönchen zu tun ist? Wie viele von diesen Süchtigen nicht degeneriert und verkommen sind? Alle meine Kunden sind brave, angesehene, nützliche und in vielen Fällen sehr verdienstvolle Bürger, die auf irgendeine Weise – oft durch lange Krankheit – rauschgiftsüchtig geworden sind und nicht mehr von dem Stoff loskommen; ebensowenig wie Sie, Harry, auf das Nikotin verzichten könnten, das Sie gerade in die Lunge ziehen. Mit Kriminellen mache ich keine Geschäfte. Ich habe nichts mit den Wald-und-Wiesen-Schmugglern gemein. Ich bin ein Einzelgänger, ein Spezialist in meiner Branche.«

»Das ist die größte Frechheit, die ich . . .«

»Nein, Harry. Das ist gesunder Wirklichkeitssinn. Ich verhindere die Ausbreitung der Kriminalität.«

»Durch persönliches Mitmischen im Rauschgifthandel.«

»Nein. Dadurch, daß ich meinen angesehenen Mitbürgern die Betäubungsmittel zugänglich mache, die sie brauchen, um weiter ein angesehenes Leben führen zu können. Wenn ich nicht wäre, müßten sie sich mit kriminellen Elementen einlassen, müßten minderwertiges, verfälschtes Rauschgift kaufen, dem man Fremdstoffe beigemischt hat, um die Quantität zu erhöhen und den Handel lohnender zu machen; sie wären dann leichte Opfer für Erpressungen schlimmster Art. Wenn ich nicht wäre, Harry . . .«

»Jetzt soll ich wohl einen Kokslieferanten als barmherzigen Samariter betrachten, was? Sie halten sich wohl noch für einen Menschenfreund?«

»In gewisser Weise, ja. Aber ich bin nicht weniger ein Menschenfreund als der Verleger, der sein Geld – und zwar gutes Geld – mit dem Druck und Verkauf von Bibeln verdient.«

»Ein reizender Vergleich.«

»Jedenfalls treffend. Das ist nicht nur meine Meinung, sondern auch die Meinung von Psychiatern, maßgebenden Sozialbeamten und der englischen Regierung.«

»Nichts, was Sie sagen . . .«

»In Großbritannien gilt ein Süchtiger nicht als kriminell, sondern als krank, und das ist er ja auch. Dort braucht er sich nicht mit Verbrechern einzulassen oder selbst zum Verbrecher zu werden, um sich das Rauschgift zu beschaffen, nach dem sein süchtiger Körper schreit. In Großbritannien kann ein Süchtiger zu jedem beliebigen Arzt gehen und sich dort seine Ration Rauschgift verschreiben lassen. Wenn unsere Regierung erst einmal erkannt hat, daß das die einzige Möglichkeit ist, mit diesem Problem fertig zu werden, wird man meine Dienste nicht mehr brauchen, und eine der Haupteinnahmequellen der Unterwelt wird versiegen.«

»Sie wollen also behaupten, daß das Verhökern von Koks moralisch und ehrenwert ist?«

»Ich behaupte es nicht – ich stelle ganz einfach eine Tatsache fest. Sie sind intelligent genug, um das einzusehen, wenn Sie nur aufgeschlossen wären.«

»Ich höre mir an, Gresham, was Sie zu sagen haben, aber bei diesem Thema bin ich verdammt zugeschlossen. Rauschgifthandel ist Rauschgifthandel.«

»Das wundert mich gar nicht. Sie sind in einer Atmosphäre kleinlicher Vorurteile groß geworden. Während der Prohibition hat man Ihnen und Ihresgleichen zum Beispiel eingehämmert, daß die Erzeugung, der Transport und der Verkauf von Spirituosen ein Verbrechen sei. Dann wurde die Prohibition aufgehoben, und schwupp – der Alkohol war wieder salonfähig. Ich wette aber, daß bei jedem Drink in Ihnen noch Schuldgefühle rumoren.«

»Alkohol und Rauschgift kann man nicht vergleichen«, erwiderte Harry hitzig. »Zum Trinker wird der Mensch nur, wenn tiefere psychologische Gründe dazukommen. Aber die Gefahr der Sucht besteht immer, wenn entsprechend große Mengen der Droge eingenommen werden.«

»Um so mehr Grund, endlich einzusehen, daß es sich um ein medizinisches und nicht um ein kriminelles Problem handelt. Früher oder später wird man schon darauf kommen, Harry. Früher oder später wird man hier die Süchtigen ebenso behandeln wie in England, und dann bin ich arbeitslos. Inzwischen leiste ich der Gesellschaft einen Dienst, den eigentlich die Regierung leisten müßte.«

»Wenn ich je eine Spitzfindigkeit gehört habe . . .«

»Falsch, Harry – meine Argumentation ist hieb- und stichfest. Zugegeben, meine Tätigkeit, die heute noch als ungesetzlich gilt, bringt mir eine Masse Geld ein. Aber sie ist nicht unmoralisch. Unsere veralteten Gesetze sind im Unrecht – nicht ich.«

Harry Brown sah auf die Uhr. »Kommen Sie jetzt bitte zur Sache, Gresham. Ich muß zurück in meine Praxis.«

Kurt Gresham kniff sich in die rosa Wangen. »Harry, ich möchte, daß Sie sich von dem Gedanken frei machen, mein Geschäft sei ein Tummelplatz für Gangster, Schieber, Verführer von Teenagern und so weiter. Ich bin kein gewissenloser Menschenverderber, glauben Sie mir das. Fünfunddreißig Jahre lang habe ich Staatsmänner, Schriftsteller, Künstler, Schauspieler, Architekten, Richter, Geschäftsleute, Finanziers, die Größen der Gesellschaft bedient . . .«

»Großer Gott . . .«

»Ich liefere nur an wirklich verdienstvolle Leute. Meine zukünftigen Klienten werden von Spezialisten durchleuchtet. Sie werden nur aufgenommen, wenn sie reich genug und verschwiegen sind. Und das sind mehr, als Sie sich träumen lassen, mein Junge.«

Harrison Brown schwieg.

Kurt Gresham wählte eine lange dünne Zigarre aus, zündete sie mit Sorgfalt an und blies aromatische Rauchwolken von sich.

Trotz allem regte sich in Harry die Neugier. »Sie sagen, Sie betreiben diese Mach-, Verzeihung, dieses Geschäft zum Wohle der Menschheit seit 35 Jahren. Wie sind Sie auf diese Idee gekommen? Wie hat es angefangen? Können Sie mir das erklären?«

»Mit Vergnügen. Mein Vater besaß ein bescheidenes Im- und Exportgeschäft. Er schlug sich so recht und schlecht durch, erwarb keine großen Reichtümer, nagte aber auch nicht am Hungertuch. Er starb im Alter von 79 Jahren. Sein ganzes Leben lang war er heroinsüchtig gewesen. Durch seine internationalen Verbindungen gelang es ihm, genügend Rauschgift für den Eigenbedarf zu beschaffen. Ein europäischer Vertreter, ein bewährter Mann, brachte den Stoff bei seinen regelmäßigen Geschäftsreisen ins Land. Da kam mir die Erleuchtung: das wäre eine ideale Methode, einen ausgewählten Kundenkreis mit den notwendigen Drogen zu versorgen. Ein einträglicher Handel wäre es obendrein. Als mein Vater dann starb und ich das Geschäft übernahm, begann ich, diesen Gedanken langsam und sorgfältig in die Tat umzusetzen. Die Organisation, über die ich heute verfüge, ist klein, aber absolut unangreifbar, meine Leute sind handverlesen – wie Spalierobst.«

»So – mich rechnen Sie also auch zum Spalierobst.«

»In den fünfunddreißig Jahren habe ich natürlich ab und zu neue Leute einstellen müssen. Alle werden älter, manche sterben, manche setzen sich zur Ruhe. Ich hoffe sehr, daß Sie Dr. Wellivers Stelle einnehmen werden, Harry.«

In der Stimme des massigen Mannes schwang ein Ton, der Harry einen kalten Schauer über den Rücken jagte. »Weiß Mrs. Gresham von diesen Machenschaften?«

»Natürlich nicht. Karen ist meine Frau und nicht mein Geschäftspartner. Um auf Sie zurückzukommen, Harry: Ich habe Sie beobachtet. Ich habe Sie gründlich durchleuchten lassen. Ich weiß alles von Ihnen. Ich weiß, wie verbissen Ihr Vater gekämpft hat, um für Sie zu erreichen, was er nicht hatte schaffen können. Ich weiß, daß Sie nach Erfolg, nach Reichtum gieren. Ich weiß alles, Harry, alles ...«

»Mein Gott, wie ...«

»Meine Leute sind Spezialisten. Jeder kennt nur einige wenige, für sein Gebiet wichtige Kollegen. Als mein medizinischer Experte werden Sie auch kaum mit meinen anderen Leuten in Berührung kommen. Übrigens weiß ich auch, daß Sie kürzlich einen Kredit aufgenommen haben.« Der Dicke öffnete ein Fach seines Schreibtisches, zog ein blaues Papier heraus und warf es Harry hin. »Ihr Kredit ist zurückgezahlt. Hier ist der annullierte Schuldschein. Das Risiko, daß ein Mitglied meiner kleinen Geschäftsfamilie Schulden macht, kann ich mir nicht leisten. Sehen Sie, Harry, schon durch diese kleine Besprechung sind Sie um dreißigtausend Dollar reicher.«

Harry starrte auf das kleine blaue Rechteck nieder.

»Stecken Sie's ein, Harry«, sagte Gresham. »Oder reißen Sie es entzwei.«

Brown sah auf. Er brachte kaum die Worte heraus: »Was wollen Sie von mir?«

»Sie brauchen mich nicht so entsetzt anzusehen, Harry. Ich bin nicht der Teufel und will Ihnen nicht Ihre Seele abkaufen.«

»Was wollen Sie von mir?«

»Zunächst einmal, daß Sie diesen Schuldschein wegstecken.«

Harry stopfte ihn achtlos in die Tasche. »Was wollen Sie von mir, Gresham?«

»Eigentlich lächerlich wenig. Sie werden die Praxis ganz unabhängig weiter ausbauen. Um Sie von finanziellen Sorgen zu befreien, gebe ich Ihnen eine jährliche Beihilfe – offiziell für Ihre Tätigkeit als mein Hausarzt. Für die vertraulichen Behandlungen werde ich Sie nicht öfter als fünf- oder sechsmal im Jahr in Anspruch nehmen. Manchmal vergeht ein ganzes Jahr, bis es wieder zu so einem Zwischenfall wie neulich kommt.«

»So wenig Ware für so viel Geld? Das kann doch nicht alles sein, Gresham.«
»Doch. Ein Arzt, auf den ich mich verlassen kann, wenn die Lage brenzlig wird, ist für mich eine lohnende Investition.«
Harry stand auf. »Ich muß in meine Praxis. Die Sprechstunde hat angefangen.«
»Ich habe schon bei Ihrer Sprechstundenhilfe anrufen lassen, Harry. Sie sind durch einen dringenden Fall aufgehalten worden. Stimmt doch, nicht?«
Harry fiel in seinen Sessel zurück. Er starrte Gresham sprachlos an. Der Dicke paffte seine Zigarre.
»So, Harry, und jetzt will ich Sie kurz ins Bild setzen«, sagte er dann geschäftsmäßig. »Sie sind zwar nur ein kleines Rädchen im Getriebe, aber auch kleine Rädchen sind wichtig, wenn die Karre reibungslos laufen soll. Gresham & Co., Im- und Export, sind seit siebzig Jahren im Geschäft. Die Firma hat einen ausgezeichneten Ruf und macht sehr gute legale Umsätze. Mittelsmänner besorgen unterderhand in Europa und im Orient die Rauschgifte, die ich brauche. Zusammen mit unseren legalen Lieferungen wird es dann ins Land gebracht. Wir arbeiten sehr umsichtig und schmuggeln zum Beispiel nie große Mengen ein. Das haben wir gar nicht nötig. Wir bekommen täglich Lieferungen. Wir treiben keinen Aufwand. Wir werfen das Geld nicht zum Fenster hinaus, wir vermeiden alles, was Aufsehen erregen könnte. Wir haben seit fünfunddreißig Jahren keine Schwierigkeiten gehabt. Ist das soweit klar?«
»Ja.«
Gresham streifte vorsichtig einen langen Aschenkegel ab. »Gefährlicher wird es natürlich beim Vertrieb und beim Verkauf. Ich sagte schon, daß wir die Klienten vorher von Spezialisten auf Herz und Nieren prüfen lassen. Der Klient muß einen einwandfreien Ruf und ein umfangreiches Bankkonto haben. Er muß bereit sein, nicht nur das Rauschgift an sich, sondern auch die reibungslose Abwicklung mitzubezahlen. Was den eigentlichen Vertrieb angeht . . .«
»Ihre Nachtclubs«, entfuhr es Harry.
»Sehr richtig.« Der Millionär drückte seine Zigarre aus und lehnte sich bequem in seinem Prunksessel zurück. »Der Mississippi bildet die Grenze meines Reviers. Meine Verteilerschwerpunkte sind in New York, Philadelphia, Washington, Miami und

Chikago. In jeder Stadt besitzen meine Strohmänner mehrere kleine, exklusive Clubs. Die Geschäftsführer sind meine Mittelsmänner, die die Ware ausliefern und das Geld kassieren – in bar natürlich. Tja, das wär's, mein Junge. Selbstverständlich steht in jeder Stadt ein Arzt auf meiner Gehaltsliste. Sonst noch Fragen, Harry?«

Brown schwieg einen Augenblick. Dann sagte er zögernd: »Die Frau mit der Schußwunde, die ich behandelt habe – war das eine Kundin?«

»Natürlich nicht.« Greshams Stimme klang tatsächlich schockiert. »Solche Typen gehören nicht zu meinem Kundenkreis, Harry. Sie ist eine Angestellte. Manchmal wird einer oder der andere von unseren Leuten rabiat. Das kommt aber, wie gesagt, nicht häufig vor. Und wir sorgen dafür, daß es in der Familie bleibt, wenn ich mich mal so ausdrücken darf.«

»Und wenn sich so ein kleiner Familienstreit zu einem Mord auswächst, Gresham? Was soll der Hausarzt mit der Leiche tun? Hackbraten daraus machen?«

»Wenn ein solcher Zwischenfall unglücklicherweise ein Todesopfer fordert«, sagte der Millionär, unangenehm berührt, »nehmen wir es Ihnen natürlich ab. Mit der – äh – der Beseitigung haben Sie nichts zu tun. In den letzten zwanzig, fünfundzwanzig Jahren ist das nur ein halbes dutzendmal passiert. Über drei Städte verteilt. Darüber brauchen Sie sich keine Sorgen zu machen. Unsere Mittel und Beziehungen würden Sie übrigens sicherlich überraschen. Noch etwas?«

»Ja«, antwortete Harry Brown grimmig. »Die Angelegenheit . . .«

»Ach, Entschuldigung«, unterbrach ihn Gresham. »Beinahe hätte ich vergessen, Ihnen das Honorar zu geben.« Er holte einen Scheck aus dem Schreibtisch und legte ihn behutsam vor Harry hin. »Vorschuß für ein Jahr. Fünfundzwanzigtausend Dollar.«

Brown wurde sehr blaß. Er rührte den Scheck nicht an.

»Und das ist nur die Pauschale, Doktor. Ich habe Ihnen für die Behandlung der Dame mit dem Stückchen Blei in der Schulter fünfhundert Dollar gezahlt. Das waren kleine Fische. Ich wollte Ihnen keinen Schreck einjagen. Von jetzt ab bekommen Sie in den seltenen Fällen, wenn eins unserer Sorgenkinder verarztet werden muß, ein Honorar von fünfhundert Dollar pro Patient. Das kommt zu Ihrem Jahreshonorar dazu. So – und was wollten Sie mich jetzt noch fragen?«

Du schlauer Hund, dachte Harry bitter. Er sah auf. Laut sagte er: »Lynne Maxwell. Ich verlange eine Erklärung.«
»Aber natürlich, mein lieber Harry.« Kurt Greshams rundes Mündchen verzog sich bekümmert. »Ein sehr, sehr unglücklicher Fall. Sie sehen, ich beschönige nichts. Sie war eine meiner Kundinnen. Der erste Fall dieser Art, den wir je hatten. Sie machte einen Selbstmordversuch, indem sie sich absichtlich eine Überdosis Heroin spritzte. Und dann, wie das so geht, bereute sie es. Sie rief den Geschäftsführer des Clubs an, von dem sie ihre Ration bezog, und unter diesen ungewöhnlichen Umständen hat er mich natürlich sofort benachrichtigen lassen. Ich schickte zwei meiner Leute in ihre Wohnung. Da war sie schon tot.«
»Und daraufhin haben Sie veranlaßt, daß ihre Leiche in meiner Wohnung deponiert wurde«, stellte Harry trocken fest.
»Es tut mir selber leid, Harry.« Die farblosen Augen blickten rund und harmlos in die Welt. »Aber ich mußte Ihnen doch vor Augen führen, was wir – äh – für Möglichkeiten haben. Sie sollten sehen, daß wir durch verschlossene Türen gehen und Zauberkunststücke mit toten Mädchen vollführen können – indem wir sie zum Beispiel in Räumlichkeiten schmuggeln, in denen sie streng genommen nichts zu suchen haben.«
»Mit anderen Worten: Entweder nehme ich Ihren Vorschlag an, oder Sie hängen mir eine wirklich dicke Sache an.«
»Habe ich so etwas gesagt, Harry? Oder auch nur anklingen lassen? Der Fall Lynne Maxwell war nur eine kleine Demonstration, die ich vor unserem Gespräch für nützlich hielt.«
Brown stand auf, nahm den Scheck über fünfundzwanzigtausend Dollar, verstaute ihn in seiner Brieftasche und steckte die Brieftasche weg. Er sah den feist lächelnden Gresham noch vor sich, als er die Tür schon längst hinter sich geschlossen hatte.
Draußen, in der warmen Sonne auf der Fifth Avenue, überlief Brown ein Frösteln. Er fror nicht vor Furcht. Er fror, weil er sich selber verachtete. Er hatte der Lockung des Geldes einfach nicht widerstehen können.

4

Im Lauf der Zeit merkte Dr. Harrison Brown, daß Lieutenant Galivan ihm sonderbarerweise wohlgesinnt war. Er merkte das nicht an dem, was der Lieutenant tat, sondern eher an dem, was er nicht tat. Viereinhalb Wochen lang erschien kein Wort über Lynne Maxwells Tod in den Zeitungen.

Diese auffallende Schweigsamkeit gab Dr. Brown zu denken. Eine Frauenleiche in Greenwich Village, noch dazu in einer Wohnung, in die sie nicht gehörte – das war normalerweise ein gefundenes Fressen für die Presse. Weshalb schlachtete sie es dann nicht weidlich aus? Offenbar, weil Galivan die Geschichte nicht herausgerückt hatte. Der Lieutenant war ein kluger, erfahrener Mann und hatte Mitleid mit ihm. Insgeheim segnete der Arzt ihn dafür. Er dachte voller Dankbarkeit, daß er den Namen Lynne Maxwell nun nie mehr in seinem Leben würde hören müssen.

Aber viereinhalb Wochen nach dem Ereignis tauchte der verhaßte Name wieder aus der Versenkung auf. Das war an einem Sonntagabend, nachdem er den Nachmittag hindurch in Taugus, Connecticut, Golf gespielt hatte.

Die Greshams, die dem exklusiven *Taugus Country Club* angehörten, hatten ihn zur Mitgliedschaft vorgeschlagen, und er war aufgenommen worden. Jetzt konnte er sich so etwas leisten. Die Sonntagnachmittage verbrachte er nun meist dort draußen. Diesmal war der vierte Mitspieler ein Dr. Alfred McGee Stone, ebenfalls Clubmitglied.

»Stone? Kenne ich nicht«, sagte Harry.

»Er ist ganz wild darauf, dich kennenzulernen«, meinte Gresham.

»Warum?«

»Vielleicht fehlst du ihm noch in seiner Raupensammlung.« Das war natürlich wieder Tony, der Unverbesserliche.

»Was für eine Raupensammlung?«

»Er ist Direktor des Taugus-Instituts.«

»Was ist denn das?«

»So eine Wohltätigkeitseinrichtung«, meinte Karen.

»Vielleicht hat er von dir gehört, Harry«, sagte Tony, »und will dich von einem einfachen praktischen Arzt zu einem Institutsmedizinmann befördern.«

»Blödsinn. Dieser unmögliche Mensch nimmt dich nur auf den Arm, Harry«, mischte sich Karen Gresham ein.

»Nein, im Ernst«, ließ sich Kurt Gresham vernehmen, »Dr. Stone fragt ständig nach Harry, seit ich mal seinen Namen erwähnt habe.«
Dr. Alfred McGee Stone war groß, kahlköpfig, knochig und braungebrannt. Er hatte große gelbe Zähne und trug eine randlose Brille, die auf seiner Adlernase immer wieder ins Rutschen kam. Er begrüßte Harry herzlich. Sein Händedruck war kräftig und ein wenig ungeduldig. Dann spielten sie miteinander Golf. Dr. Stone spielte gut und fast wortlos.
Danach hatten sie im Club eine Weile allein nebeneinander an der Bar gesessen. Stone sagte: »Harrison Brown ... Ich habe von Ihnen gehört.«
Harry riß die Augen auf. »Durch wen?«
»Durch Dr. Peter Alexander Gross. Den erstaunlichen Pete Gross. Sie sollen einer seiner Musterschüler gewesen sein.«
»Wie geht's ihm denn?«
»Wie immer. Er ist unverwüstlich.«
Bei Dr. Peter Alexander Gross hatte er Chirurgie gehört. Gross war einer von den Lehrern gewesen, die man nie vergaß. Noch oft dachte Harry an ihre nächtelangen Diskussionen.
»Ein fabelhafter Mensch«, erklärte er ernst.
»Er hält große Stücke auf Sie, Brown.«
»Das ist nett von ihm.« Was würde Dr. Peter Alexander Gross wohl jetzt von seinem Wunderknaben denken, durchfuhr es Harry. »Worauf wollen Sie hinaus, Dr. Stone?« fragte Harry abrupt.
Stone schob mit seinem knochigen Mittelfinger die rutschende Brille ein Stück höher. »Dr. Gross und ich haben über Sie gesprochen ...« Aber in diesem Augenblick kam Kurt Gresham, frisch geduscht, rasiert und rosa wie ein Spanferkel, auf sie zugeschaukelt. »Wir müssen uns einmal ausführlich miteinander unterhalten. Aber nicht hier und nicht heute. Ich bin jeden Dienstag in New York. Kann ich Sie mal besuchen?«
»Natürlich, Doktor.«
»Kommenden Dienstag?«
»Gern.«
»Sagen wir um eins in Ihrer Praxis?«
»Einverstanden.«
Jetzt war Kurt Gresham bei ihnen. »Tony und Karen sind draußen auf der Terrasse. Kommen Sie doch mit hinaus.«

»Warum war Mr. Mitchell nicht mit von der Partie, Kurt?« fragte Dr. Stone.
»Tony spielt nicht Golf.«
»Was hat er dann hier verloren?« fragte Dr. Stone verblüfft.
Der Millionär lachte leise. »Erstens: Er schätzt attraktive Frauen im allgemeinen und meine attraktive Frau im besonderen. Zweitens: Er schätzt mein Geld. Drittens: Er und Harry sind alte Freunde. Das sind an einem so schönen Tag drei gute Gründe, um herzukommen, auch wenn er sich nichts aus Golf macht. Da sind sie ja . . .«
Unter einem strahlendblauen Himmel saßen die Männer und Karen Gresham an einem der kleinen Glastische auf der Terrasse und tranken ihre Cocktails.
»Bleiben Sie doch alle zum Abendessen hier«, sagte Dr. Stone plötzlich. »Ich lade Sie ein.«
»Leider muß ich verzichten, Doktor«, sagte Gresham. »Ich bin um sieben geschäftlich in der Stadt verabredet.«
»Heute, am Sonntag?« wunderte sich Stone.
»Immer am Sonntag«, bemerkte Karen mit einer kleinen Spitze in der Stimme.
»Dann essen wir wenigstens eine Kleinigkeit zusammen«, beharrte Dr. Stone. »Der Küchenchef gibt sich für mich besondere Mühe. Der Gute weiß, daß er in Kürze unters Messer muß.«

Gegen sechs landeten sie wieder in der Stadtwohnung der Greshams. Kurt Gresham ging sich umziehen, die anderen machten sich etwas frisch. Um halb sieben trafen sie im Wohnzimmer wieder zusammen. Gresham hatte sich in einen Geschäftsanzug geworfen und trug eine Aktentasche in der Hand. »Gegen neun, spätestens um halb zehn, bin ich wieder hier.« Er küßte seine Frau auf die Wange. »Amüsiert euch gut.«
»So«, sagte Karen, als er fort war, »jetzt werden wir die Gesellschaft noch ein bißchen verkleinern. Amüsiert ihr beiden euch allein. Ich will mal nach den Dienstboten sehen.« Sie verteilte ihr strahlendes Lächeln gerecht auf ihre beiden Kavaliere und ging hinaus.
»Nach den Dienstboten sehen?« wiederholte Dr. Brown. »Das kapiere ich nicht, Tony.«
»Haben Sie Dienstboten, Herr Doktor?« fragte Tony todernst.
»Keine Dienstboten, Herr Verteidiger.«

»Dann kannst du so was auch nicht verstehen. Um Dienstboten muß man sich kümmern.«
»Wenn du es sagst . . .«
»Weißt du, wie viele Dienstboten es in diesem hochherrschaftlichen Mausoleum gibt?«
»Ich weiß, daß sie eine Köchin haben. Und einen japanischen Hausdiener.«
»Und eine Zofe für die gnädige Frau. Und ein Zimmermädchen.«
»Und wieso muß sie nach ihnen sehen?«
»Um sieben endet ihr Dienst.«
»Ach, sie wohnen nicht hier?«
»Sehr richtig, mein lieber Doktor.«
»Aber es sind doch Dienstbotenzimmer im Haus . . .«
»Sie bleiben nur über Nacht, wenn eine große Gesellschaft gegeben wird.«
»Ist das nicht eine seltsame Regelung?«
»Karen hat es lieber so. Sie fühlt sich unbehaglich, wenn so viele Leute hier im Hause herumwimmeln, besonders wenn sie mit ihnen allein ist, was ja oft genug vorkommt. Du darfst nicht vergessen, daß Karen die hochherrschaftlichen Sitten noch nicht so gewöhnt ist. Sie ist ja erst seit einigen Jahren die verehrte gnädige Frau. So schnell gewöhnt man sich nicht daran, mit einer dicken alten Brieftasche verheiratet zu sein.«
Als Karen zurückkam, trug sie enge grüne Hosen und eine tief ausgeschnittene grüne Bluse.
Sie drehte sich einmal um sich selbst. »Gefällt's euch?«
»Einsame Klasse«, bemerkte Tony Mitchell.
»Ich dank' Euch, edler Herr.« Sie ließ ihr Lächeln auf Harry ruhen. »Kein Kommentar, Herr Doktor?«
»Mir fehlt Tonys Wortschatz.«
»Der würde auch nicht zu dir passen, mein Junge.« Der Anwalt grinste. »Du bist der Typ des tiefsinnigen, wortkargen, prinzipientreuen Denkers, für den die Frauen kopfüber ins Wasser springen. Mit mir machen sie höchstens eine Kahnpartie.«
»Sag das nicht«, neckte Karen. »Unter der Hochglanzpolitur muß sich doch irgend etwas rühren? Was meinst du, Harry?«
»Schlecht zu sagen. Ich bin noch nie tief genug eingedrungen.«
»Ihr Skalpell wird mir langsam unheimlich, Herr Doktor«, sagte Tony.
»Aber eigentlich glaube ich auch, daß er nur nach außen hin den

Playboy mimt, dem nichts unter die Haut geht«, fuhr Harry lächelnd fort.
»Laß mich sofort vom Operationstisch herunter, Doktor«, protestierte Tony lachend. »Karen, ich hab' Hunger.«
»Keine Angst, ich lasse meine Gäste schon nicht verschmachten. Mami macht jetzt Schinkenomelettes mit Toast, Papi ist ausgegangen, um wieder mal eine kleine Million zu verdienen, und meine beiden braven Jungen dürfen inzwischen den Tisch im Eßzimmer decken.«
Nach dem Essen tranken sie im Wohnzimmer Irish-Coffee, den Tony Mitchell ihnen kredenzte.
»Toll«, sagte Karen. »Wollen Sie uns das Rezept verraten, Herr Verteidiger?«
»Man nehme zunächst, wie der Name sagt, starken, heißen Kaffee. Soweit klar?«
»Yes, Sir.«
»Man gieße das dampfende Gebräu in die Becher, zuckre nach Geschmack, rühre gut um. Dann füge man einen Meßbecher Irish Whisky hinzu, rühre wieder gut um. Als Krönung kommt obenauf ein dicker Klecks Schlagsahne. Bitte nicht umrühren. Der Kenner genießt schweigend. Apropos schweigen – wieso hast du uns gar nichts über Lynne Maxwell erzählt, Harry?«
Harry, der mit gebotener Vorsicht das Kaffee-Whisky-Gemisch durch den Schlagsahnenklecks saugte, kam aus dem Rhythmus und verbrannte sich die Zunge. Er verschluckte sich, setzte den Becher hastig ab und griff nach seinem Rettungsring, der Zigarettenpackung.
»Was hast du gesagt?«
»Gib dir keine Mühe, Harry. Faule Ausreden ziehn bei mir nicht, dazu hab' ich zuviel Routine. Es ist jetzt schon über einen Monat her. Wir haben nichts gesagt, weil wir dachten, früher oder später würdest du uns doch einweihen. Aber einmal ist Schluß, mein Freund. Wir sind gespannt.«
»Lynne Maxwell«, wiederholte Brown. Er rauchte, als wolle er einen Rekord brechen.
»Es ist jetzt bestimmt schon vier Wochen her, daß dieser Galivan uns beehrt hat. Guter Mann, einer der tüchtigsten Beamten, die unsere Polizei hat.«
»Du kennst ihn?« fragte Harry höchst überflüssigerweise. Natürlich hatten sie den Braten gerochen: Er hatte total vergessen, daß

Galivan ja sein Alibi überprüft hatte.

»Natürlich kenne ich ihn. Wir bearbeiten beide das gleiche Revier. Nur mit dem Unterschied, daß der eine auf der rechten und der andere auf der linken Straßenseite steht.« Mitchell warf einen Blick auf die Uhr. »Es ist jetzt zehn Minuten vor neun. Ich werde noch fünf Minuten Unsinn reden, damit du auftaust. Dann nehmen wir dich ohne Gnade ins Kreuzverhör.« Der Anwalt sah Harry mit einem Blick echter Besorgnis an, der deutlich zeigte, daß sein alberner Tonfall nur Tünche war. »Wenn du nicht willst, Harry, brauchst du uns natürlich nichts zu sagen – das ist doch klar, nicht?«

Karen hatte die Beine übereinandergeschlagen. Ihre grünen Augen fixierten unbeweglich die bizarre Form der Schlagsahnenhaube auf ihrem Irish-Coffee.

»Warum hast du uns nichts gesagt, Harry?« fragte sie leise.

»Weil ich der Meinung war, daß dies eine ganz persönliche Angelegenheit ist, mit der ich allein fertig werden mußte.«

»Rührend, was?« bemerkte Tony halblaut.

»Tony, ich wollte dich und Karen nicht in die Sache hineinziehen . . .«

»Aber als du zu Protokoll gabst, daß du den Abend mit mir und Karen verbracht hast, war das Kind schon in den Brunnen gefallen. Hast du denn nicht daran gedacht, daß man deine Angaben überprüfen würde?«

»Ich – ich weiß nicht«, sagte Harry kläglich. »Ich glaube, das habe ich mir gar nicht überlegt. Ich wollte die ganze Angelegenheit so schnell wie möglich vergessen. Aber woher weißt du denn den Namen des Mädchens? Hat Galivan ihn genannt?«

»Hat er«, sagte Tony. »Du mußt bedenken, daß die Sache in mein Gebiet fällt. Als Galivan von Karen verlangte, sie sollte ihre Aussage schriftlich niederlegen, hat sie geistesgegenwärtig erklärt, sie müßte sich erst mit ihrem Anwalt in Verbindung setzen. Wer beschreibt Galivans Überraschung, als sich besagter Rechtsanwalt just als der Knabe entpuppte, den er sich in derselben Angelegenheit vorzuknöpfen gedachte. Besagter Rechtsanwalt weigerte sich, eine Aussage zu machen oder seine Klientin zu einer Aussage zu veranlassen, sofern er nicht über den Fall genau informiert würde. Daraufhin hat mir der Lieutenant, dem ich übrigens hier und da schon einen Gefallen getan habe, die ganze Geschichte – streng vertraulich, versteht sich – erzählt.

Falls du dir übrigens noch Sorge machst, Harry – das ist nicht mehr nötig. Die zuständigen Stellen haben dich in Gnaden entlassen. Nur uns noch nicht . . .«

Harry sah von Tony Mitchell zu Karen Gresham. Sie waren beide ganz ernst. »Was soll das heißen?«

»Du hattest Sorgen, stimmt's?«

»Ja.«

»Und wir sind mit dir befreundet.«

»Ja.«

»Und wir waren deine Entlastungszeugen.«

»Also, ich . . .«

»Also was, Harry? Ich hätte dich sofort darauf angesprochen. Aber Karen meinte, wir sollten uns nicht aufdrängen. Sie merkte, daß dich etwas belastete, aber sie meinte, daß du uns früher oder später doch ins Vertrauen ziehen würdest.«

»Ich weiß nicht, ob es richtig war, daß du davon angefangen hast, Tony«, sagte Karen.

»Unsinn! Ich bin sein Freund. Und außerdem Anwalt. Also Harry, leg schon los.«

Was konnte er sagen? Was konnte er ihnen anderes auftischen als Lügen?

Es kam ihm vor, als hielte ihn sein Sessel umklammert wie eine Riesenmausefalle. Er sprang ungeduldig auf und fing an, mit langen Schritten im Zimmer auf und ab zu gehen.

»Dem, was Lieutenant Galivan dir erzählt hat, ist kaum etwas hinzuzufügen, Tony.«

»Hat Galivan dir die Todesursache verraten?«

»Ja. Eine Überdosis Heroin.«

»Sehr richtig. Hattest du da vielleicht deine Hände im Spiel, Harry?«

»Natürlich nicht.«

»Woher kanntest du sie denn? War sie eine Patientin oder was?«

»Keine Patientin.«

»Was dann?«

Harry vermied es, Karen anzusehen. »Eine – eine Bekannte.«

»Muß eine ziemlich gute Bekanntschaft gewesen sein.«

»Nicht, Tony«, bat Karen.

»Ja. Das war sie auch«, quälte sich Harry. »Früher.«

»Gut. Soweit wären wir also. Und wie kam sie in deine Wohnung?«

Harry Brown hielt die Luft an. Plötzlich zitterten ihm die Knie, und er mußte sich setzen. »Sie hatte früher einen Schlüssel zu meiner Wohnung. Die Affäre war vorüber. Ich hatte sie mir völlig aus dem Kopf geschlagen. Aber in jener Nacht, mit einer Überdosis Heroin im Körper, muß es sie wieder zu mir getrieben haben. Warum? Ich weiß es nicht. Rauschgiftsüchtige sind unberechenbar. Sie schloß auf, trat ein. Als ich nach Hause kam, saß sie in einem Sessel. Tot.«

»Was war mit dem Schlüssel?« fragte der Anwalt.

»Sie hielt ihn in der Hand. Ich habe ihn ihr abgenommen.«

»Das war ausgesprochener Blödsinn. Was hast du dir denn eigentlich dabei gedacht?«

»Ich weiß nicht. Ich war wie betäubt. Wer kann schon von sich sagen, wie er in einer Krise reagiert? Ich wollte wohl nicht zu tief in die Sache hineingezogen werden.«

»Und die Polizei?«

»Der Polizei habe ich erklärt, daß ich die Frau nicht kannte, daß ich keine Ahnung hatte, wie sie in meine Wohnung gekommen war. Ich wußte, daß ich den ganzen Abend über nicht zu Hause gewesen war.«

Es klingelte. Harry sprang wie erlöst auf und ging zur Tür. Karen folgte ihm. In der kleinen Diele warf sie sich in seine Arme.

»Du lügst«, flüsterte sie.

»Karen . . .«, er spürte, wie sie zitterte.

»Du hast uns über Lynne Maxwell nicht die Wahrheit gesagt. Ich weiß das.«

»Karen . . .«

»Du bist in schrecklicher Gefahr. Auch das weiß ich. Ich liebe dich.«

Dann öffnete sie ihrem Mann die Tür.

5

Brown erwachte aus einem Alptraum und konnte nicht wieder einschlafen. Er knipste die Nachttischlampe an – es war drei Uhr. Er stand auf, stieß das Fenster etwas weiter auf und atmete tief. Dann merkte er, daß sein Schlafanzug völlig durchgeschwitzt war. Er zog ihn aus und stellte sich unter die Dusche.

Seit seinem Gespräch mit Gresham in dessen Büro war es ihm, als ob er Zentnergewichte mit sich herumschleppte, Zentnergewichte einer drückenden Angst. Gewissensangst, Zukunftsangst, Angst vor sich selber und vor dem, was zu tun er fähig war. Jetzt waren diese Ängste zum Ausbruch gekommen. Er kam nicht darum herum, sich über ihren wahren Grund klarzuwerden, ehrlich mit sich zu sein.
Dann war da noch Karen ... Sie hatte gewußt, daß er sie angelogen hatte, als er gestern abend die Geschichte von Lynne Maxwell zum besten gab. Was wußte sie? Und was, um Himmels willen, sollte das heißen: »Du bist in schrecklicher Gefahr.«
Nach Greshams Rückkehr war es noch ein ausgelassener Abend geworden. Sie hatten Freunde herbeitelefoniert; sie hatten getrunken, getanzt, Gesellschaftsspiele veranstaltet und natürlich geflirtet. Und ebenso natürlich hatte niemand mehr den Namen Lynne Maxwell erwähnt.
Harry Brown zog sich einen frischen Schlafanzug an, braute sich einen starken Kaffee und trank ihn im Wohnzimmer. Dabei rauchte er eine Zigarette nach der anderen.
Er bewunderte Leute wie Karen und Tony. Sie konnten in eine ausgelassene Partylaune hineinschlüpfen wie in ein Kleid. Das war ihm unmöglich. Sie lachten und witzelten und spielten und tanzten und flirteten und erzählten zweideutige Geschichten. Aber er wußte, daß Tony und vielleicht auch Karen mit dieser Munterkeit nur ihre Betroffenheit verdeckten.
Er hatte sie einfach nicht ins Vertrauen ziehen können. Wie hätte er Karen, seiner Geliebten, Lynne Maxwells Gegenwart in seiner Wohnung erklären können? Eine eifersüchtige Frau mußte beinahe zwangsläufig den Schluß ziehen, daß die Tote einen Schlüssel zu seiner Wohnung gehabt hatte. Im schlimmsten Fall würde sie ihm vorwerfen, daß er sie mit einer anderen Frau betrog. Im besten Fall würde sie immer noch mutmaßen, daß Lynne oder er versucht hatten, eine Affäre wieder aufzuwärmen. Harry hatte also unsinnigerweise gehofft, daß Galivan bei der Überprüfung seines Alibis keine nähere Erklärung zu den Fragen geben würde, die er stellen mußte. Und seinem Freund Tony hatte er sein Herz deshalb nicht ausgeschüttet, weil dieser Karen so nahestand. Nach seinem Gespräch mit Gresham waren ihm ohnehin die Lippen versiegelt. Brown sah mit schmerzlicher Klarheit, daß Heuchelei und Lügen von jetzt an sein Handeln bestimmen würden.

Es sei denn, es gelang ihm, aus dem Schlamassel wieder herauszukommen.
Den Kredit über dreißigtausend Dollar, den Kurt Gresham zurückgezahlt hatte, konnte er – vielleicht abermals mit Tony Mitchells Gegenzeichnung – bei der Bank wieder aufleben lassen. Und wie stand es mit dem Scheck über fünfundzwanzigtausend Dollar, den er von dem Millionär angenommen hatte? Gegen diese Zahlung war eigentlich gar nichts einzuwenden, redete er sich ein. Viele reiche, chronisch kranke Leute warfen für einen guten Hausarzt beträchtliche Jahreshonorare aus.
Aber dann schüttelte er den Kopf. Es hatte keinen Zweck, sich etwas vorzumachen. Er bekam die fünfundzwanzigtausend nicht dafür, daß er Greshams Herz regelmäßig untersuchte, seinem reichen Patienten Prothrombin gab, Dicumarol spritzte und Chinidin verschrieb. Er bekam das Geld, weil er eine Marionette war, die zu tanzen hatte, wenn der mächtige Kurt Gresham es befahl. Fazit: Er mußte auch diese Summe zurückgeben. Ohne einen radikalen Trennungsschnitt ging es nicht.
Aber würde Gresham ihn aus den Fängen lassen?
An dieser Stelle gab er sich einen Ruck und zwang sich, der Wirklichkeit ins Auge zu sehen. Von diesem alten, kranken, exzentrischen, hochintelligenten Geschäftsmann, der seinen reichen und berühmten Kunden Rauschgift lieferte wie andere Geschäftsleute Lachs und roten Kaviar, konnte er etwa ebensoviel Mitleid erwarten wie von einem bösartigen Hai. Kurt Gresham hatte seinen neuen medizinischen Hampelmann in die Geheimnisse seiner Organisation eingeweiht. Die urplötzlich in seiner Wohnung aufgetauchte Leiche war Beweis genug. Er durfte kaum annehmen, daß er freiwillig die Schnüre des Hampelmanns lösen würde.
Ich zapple ebenso hilflos an seiner Angel wie seine Klienten, dachte er. Wenn ich versuche, mich loszureißen, habe ich im besten Falle einen rein »freundschaftlichen« Besuch von Kurt Greshams Leibwächtern zu erwarten. Im schlimmsten Fall bleibt mir als Endstation der Grund des East River. Ich bin in einer Sackgasse gelandet.
Ob Tony Mitchell einen Ausweg wußte?
Tony Mitchell, Kurt Greshams Anwalt. Hatte Tony Mitchell eine Ahnung von dem, was sich hinter der harmlosen Bezeichnung »Gresham & Co., Im- und Export« verbarg? Harry Brown bezweifelte es. Tony Mitchell war einfach zu klug, um sich in straf-

bare Handlungen verwickeln zu lassen. Oder? Intelligent, zungenfertig, glitzernd oberflächlich ... Wie klug war Tony? Er war ein sehr erfolgreicher Strafverteidiger mit gutem Ruf. Er hatte ein großes Einkommen, das er unbedenklich ausgab. Einmal angenommen, Gresham & Co. hätten Tony zu diesen Erfolgen verholfen. Angenommen, Kurt Gresham hätte ihn auf die gleiche Weise wie ihn als seinen New Yorker Anwalt eingestellt. Möglich war's. Tony war schließlich Strafverteidiger. Ließ das nicht tief blicken? Für die gewöhnlichen Rechtsgeschäfte eines normalen Im- und Exporthandels war doch sicher nur ein Anwalt erforderlich, der sich im Zivilrecht auskannte. Sobald es aber um illegale Dinge ging ...

Er verkroch sich in seinem tiefen Sessel. Ja, es war eine ausgelassene Party geworden. Gresham war von überströmender Herzlichkeit, Tony lausbubenhaft frech, Karen bezaubernd wie immer gewesen. Da war noch etwas – Tony hatte unter den runden farblosen Augen des nachsichtigen alten Gatten ganz unverhohlen mit Karen geflirtet. Ihn hatte die Eifersucht durchzuckt wie eine glühende Nadel. War etwas zwischen Karen und Tony? Oder war früher etwas gewesen? Sie waren ein Paar, wie füreinander geschaffen: der gutaussehende Tony, die schöne Karen, beide klug, gebildet, liebenswürdig, bezaubernd. Wo, zum Teufel, blieb da noch Platz für Harry Brown? Für Dr. Brown, das Arbeitstier, den Streber?

Er stand auf und ging an seinen Medikamentenschrank. Er schluckte eine Schlaftablette und kroch wieder ins Bett.

Er schlief unruhig, weiter von Alpträumen geplagt.

In einem dieser schweren Träume hörte er ihre Stimme: »Du bist in schrecklicher Gefahr, Harry. Auch das weiß ich. Ich liebe dich.«

6

Um elf rief er sie von seiner Wohnung aus an. Um zwölf versuchte er es von seiner Praxis aus. Dann noch einmal um zwei und noch einmal um vier. Jedesmal wurde ihm gesagt, sie sei nicht zu Hause, und jedesmal richtete er aus, sie möchte zurückrufen.

Es war ein für seine Verhältnisse arbeitsreicher Tag gewesen:

Sechs Patienten, allerdings alles Routine-Untersuchungen und keine Hausbesuche.
Jetzt, um Viertel nach vier, schrillte das Telefon. Harry griff hastig nach dem Hörer. Aber es war nicht Karen. Es war ein dröhnender Bariton, den er seit Ewigkeiten nicht mehr gehört hatte.
»Harry? Hier spricht Peter Gross.«
»Dr. Gross!«
»Wie geht's denn, Harry?«
»Das ist doch nicht so wichtig.« Harry schämte sich plötzlich. »Wie geht es vor allen Dingen Ihnen?«
»Viel zu tun. Bei dir auch?«
»Es läßt sich ertragen.«
»Was treibst du jetzt?«
»Ich habe eine eigene Praxis.«
»Als praktischer Arzt?«
»Ja.«
»Ein Jammer. Ich hab' nichts gegen praktische Ärzte, aber bei dir ist das so, als ob ein berühmter Geigenvirtuose einen Job in einem Zigeunerkeller angenommen hätte. Verdienst du dir wenigstens eine goldene Nase?«
»Nein.«
»Dann versteh' ich überhaupt nichts mehr. Hat Alf Stone schon mit dir gesprochen?«
»Er wollte morgen vorbeikommen.«
»Hör dir an, was er zu sagen hat, Harry. Es könnte wichtig für dich sein. Verstanden?«
»Ja, Doktor.«
»Erinnerst du dich an Lewis Blanchette?«
»Natürlich.« Dr. Lewis Blanchette galt als einer der fähigsten Chirurgen der Vereinigten Staaten und hatte sich vor kurzem zur Ruhe gesetzt.
»Weißt du, was er jetzt macht?«
»Soviel ich weiß, hat er sich zur Ruhe gesetzt.«
»Er hat nur seine Privatpraxis aufgegeben. Er ist ja erst sechzig – also in den besten Jahren. Jetzt ist er Chef der Chirurgie in der Taugus-Klinik.« Nach einer kleinen Pause sagte Dr. Peter Gross: »Bitte, hör Alfred Stone gut zu, Harry. Du tust dir selber einen Gefallen damit.«
Brown lehnte sich in seinem ledernen Drehsessel zurück, der noch so schön neu roch. Es war dämmrig und kühl im Sprechzimmer.

Die Jalousien sperrten das gleißende Sonnenlicht aus. Dr. Peter Gross hatte seinen Musterschüler in- und auswendig gekannt, und Harry wußte, daß er ihm immer Wohlwollen entgegengebracht hatte. Er fühlte sich in das Zimmer des verehrten Lehrers zurückversetzt, zu einem ihrer langen Gespräche, in denen sie offen über seinen Ehrgeiz und seine Ziele geredet hatten. Gross hatte ihn gedrängt, sich der Chirurgie zuzuwenden. »Du hast die Nerven dazu, Harry, und du hast Chirurgenhände.« Aber die Chirurgie erforderte eine lange Lehrzeit. Und er hatte keine Zeit. Er wollte schnell reich werden. Er hatte das Geldfieber. Das hatte Harry seinem Lehrer ehrlich auseinandergesetzt. Gross hatte ingrimmig nachgegeben und sich ehrlich bemüht, ihn zu verstehen. Sie hatten sich freundschaftlich getrennt.

Das Telefon klingelte wieder.

»Harry?« Karen. Endlich.

»Ich hab' dich schon ein paarmal angerufen.«

»Ich weiß. Aber ich bin den ganzen Tag mit Kurt zusammengewesen. Jetzt hab' ich mich nur mal eben weggeschlichen, um zu telefonieren.«

»Ich muß dich sehen.«

»Ich dich auch.«

»Heute abend?«

»Unmöglich.«

»Wann dann?«

»Morgen. Morgen fährt er für ein paar Tage nach Philadelphia. Da kann ich so lange mit dir zusammensein, wie du willst.«

»Wie *du* willst, meinst du . . .«

»Harry, was ist los?«

»Ich bin in Gefahr – erinnerst du dich nicht, was du mir selbst gesagt hast?«

»Ach das . . . Wir reden morgen darüber.«

»Wann? Wo?«

»Du kannst mich um acht abholen. In deinem Wagen.«

»Okay.«

»Ich muß jetzt Schluß machen.«

»In Ordnung.«

»Ich liebe dich.«

»Okay.«

Sie hängte auf.

Er hörte draußen den Summer gehen. Seine Sprechstundenhilfe

meldete eine Patientin an. Es war eine Neurotikerin, die schon Stammgast war. Er nahm sich viel Zeit mit ihr, beruhigte sie, sprach auf sie ein, verschrieb ihr schließlich ein Beruhigungsmittel. Als sie gegangen war, kamen keine Patienten mehr, keine Anrufe – nichts. Seine Sprechstundenhilfe ging, seine Nachtschwester kam. Während er bis sieben in medizinischen Zeitschriften blätterte, manikürte sie sich die Fingernägel. Dann ging sie. Um sieben Uhr zehn, als er sich gerade wusch, hörte er den Summer. Unterwegs zur Tür trocknete er sich die Hände.
Auf der Schwelle stand Tony Mitchell.
»He, mein Alter«, sagte Tony, »hab' ich's mir doch gedacht, daß du wieder mal Überstunden machst. Ich war gerade hier in der Gegend. Mußte einen Klienten besuchen. Hast du keinen Hunger?«
»Es geht.«
»Mein Gott – das klingt ja nicht sehr begeistert. Lachst du eigentlich nie, Harry?«
»Nur wenn's was zu lachen gibt.«
»Also dalli! Beende deine Waschorgien.« Er ging Harry nach, groß und elegant, in einem elegant geschnittenen Kammgarnanzug, braun mit dünnen Nadelstreifen, und einem braunen Strohhut mit einem flotten Band. Braungebrannt, glattrasiert, mit klaren Augen und energischem Kinn sah er aus, als sei er geradewegs einem Modejournal für den erfolgreichen Gentleman entstiegen.
Brown musterte den Freund nachdenklich, während er die Jacke anzog. »Du hast wohl nichts an deinem Leben auszusetzen, Tony?«
»Nein. Warum auch? Ich hab' doch alles, was ich will . . .«
Brown unterbrach ihn grob: »Darauf muß ich erst mal einen trinken.«
Als sie in der geschniegelten, kleinen Bar an der Fifth Avenue vor ihren Martinis saßen, sagte Tony Mitchell: »Hast du Lust, italienisch zu essen?«
»Mir egal.«
»Ich kenne da ein kleines Lokal . . .«
»Du kennst alle kleinen Lokale . . .«
»Was ist los, Kleiner? Mit dem linken Fuß zuerst aufgestanden? Oder willst du dich für gestern revanchieren?«
Harry runzelte die Stirn. »Für gestern?«

»Gestern abend. Lynne Maxwell.«
»Schluß«, sagte Harry.
»Meinetwegen. Aber nur vorläufig. Ich komme wieder darauf zurück.«
»Wo ist dein kleines Lokal?«
»Hier in der Gegend. Ein Juwel, sag' ich dir.«
Das Lokal lag in einem alten Backsteinhaus im Village. Man stieg vier Stufen hinunter, ging durch einen langen Gang und landete in einem großen, ruhigen Raum. Er war schlicht möbliert, gut beleuchtet, hatte große Tische, viel freien Platz für lange Beine und war vor allem nicht überfüllt. Das Essen war auf norditalienische Art gekocht, nicht zu scharf – einfach köstlich.
»Tatsächlich große Klasse«, sagte Harry.
»Ein Lob von Harry Brown? Darauf dürfen wir uns schon was einbilden.«
»Wie heißt das Lokal?«
»Ich hab' noch nie ein Schild gesehen. Wir nennen es *Bei Giobbe*. Giobbe – also Hiob – ist der Inhaber. Das ist der kleine Kerl mit dem buschigen blonden Haar, der uns unseren Tisch angewiesen hat. Es ist ein Familienunternehmen. Seine Eltern und Schwiegereltern stehen in der Küche. Die Kellner sind Brüder, Vettern oder Onkel. So – hast du jetzt Lust, über Lynne Maxwell zu reden?«
»Nein.«
Der Kellner brachte Espresso, der noch in der Kanne brodelte. »Bittä lassen langsam durchlaufen«, sagte er und ging.
»Hast du vielleicht mehr Lust, über deinen Dreißigtausenddollarkredit zu reden, der voll bezahlt worden ist?«
Ein anderer Kellner räumte die Teller ab und bürstete die Krümel vom Tisch. In der Chianti-Flasche war noch Wein, und er ließ ihnen die Flasche und die Gläser da. Harry goß sich nach.
»Was, zum Teufel, ist eigentlich in dich gefahren?« fragte Tony. Überraschenderweise war diesmal keine Spur von Neckerei in seiner Stimme.
Harry goß schweigend den Rest Wein in sich hinein und griff noch einmal nach der Flasche.
»Sag mal, in was für einer Märchenwelt lebst du eigentlich? Denkst du allen Ernstes, so ein Fall löst sich einfach in Wohlgefallen auf, wenn man nicht davon spricht? Ein dicker fetter Kredit wird bezahlt, und du verlierst kein Wort darüber. Wenn du

dich gütigst erinnerst, mein Kleiner: Ich habe den Kreditantrag mit unterzeichnet. Als mir eines Tages die Bank mitteilte, daß der Kredit so mir nichts, dir nichts getilgt worden war, wurde ich natürlich neugierig und plauderte bei passender Gelegenheit ein bißchen mit dem Geschäftsführer. Es stellte sich heraus, daß der Kredit plus Zinsen bar auf den Tisch des Hauses bezahlt worden war. Konntest du dir nicht denken, daß ich das erfahre?«

»Tja . . .« Harry trank sein Glas leer. »Also es war so: Mein Vater hat vor Jahren einem Bekannten eine sehr große Geldsumme geliehen. Der hat sie nie zurückgezahlt. Jetzt ist dieser Mann unerwartet bei mir aufgetaucht, und da habe ich wohl im Gespräch auch mal den Kredit erwähnt und gesagt, daß es mir finanziell nicht allzu rosig geht. Vielleicht hat er das Große Los gewonnen, was weiß ich . . . Jedenfalls muß ihn sein Gewissen tüchtig gezwickt haben, denn eines Tages hat er den Kredit für mich bezahlt. Klar, ich hätte dich benachrichtigen müssen, Tony. Aber ich war so durcheinander . . .«

Tony Mitchells schräge Raubtieraugen waren dunkel und tief und verrieten nicht, was hinter ihnen vorging. »Wie heißt der Mann, Harry?« fragte er leise.

»Das möchte ich dir lieber nicht sagen.«

Tony klopfte an den Aufsatz der Espresso-Kanne. Der Kaffee war durchgelaufen. »Na, Schluß damit«, sagte er und lächelte. »Wieso warst du so durcheinander? Wegen Karen?«

Harry antwortete nicht.

Tony goß das dampfende schwarze Gebräu in die Tassen. »Bei einem Typ wie du kann ich das sogar verstehen. Gewissensnöte. Das übliche Drum und Dran. Schön, beenden wir das Kreuzverhör. Aber vergiß bitte nicht, daß ich dein Freund bin.«

»Ich hab' den Eindruck, hier schilt ein Esel den anderen Langohr.«

»Wie war das?« Tonys Kopf ruckte nach oben.

»Du nennst mich den großen Schweiger – meinetwegen. Dafür redest du ohne Punkt und Komma. Aber was kommt dabei heraus? Nichts.«

»Du redest chinesisch, mein Junge.«

»Da ist Karen.«

»Und?«

»Da ist Karens Mann.«

»Und?«

»Du kennst sie bedeutend länger als ich.«
»Und? Und?«
»Was hast du mir über die beiden erzählt? Gar nichts. Ein bißchen wenig, findest du nicht?«
Tony nippte selbstvergessen an seinem Espresso. Dann fragte er: »Sorgst du dich wegen des Alten?«
»Muß ich das?« Harry sah ihn scharf an.
»Nein.« Tony gab den Blick freimütig zurück.
»Warum nicht?«
»Weil er ein schlauer alter Fuchs ist. Ein schlauer alter Fuchs, der eine schöne junge Frau hat. Deshalb drückt er schon mal ein Auge zu. Er schickt sie spielen. Wenn es nicht gerade zu einem öffentlichen Skandal kommt, wird er sich schön hüten, einzugreifen.«
»Woher willst du das wissen?«
»Ich kenne ihn.«
»Wie gut?«
»Gut genug.«
»Wie lange?«
»Zehn Jahre.«
»Und wie lange kennst du sie?«
»Seit etwa drei Jahren. Damals war sie Geschäftsführerin in einem Nachtclub in Philadelphia.«
»Nachtclub? Philadelphia?« Harry griff nach der Tasse wie nach einem Rettungsanker.
»Hat sie dir das nie erzählt?«
»Ich hab' sie nicht danach gefragt.«
»Dann frag sie doch. Wenn du mich über Karen aushorchen willst, bist du an der falschen Adresse. Aber wegen des Alten würde ich mir an deiner Stelle keine grauen Haare wachsen lassen.«
Harry zündete sich nachdenklich eine Zigarette an. »Tony, glaubst du, der Alte könnte . . . gefährlich werden?«
Tony sah ihn aus dunklen Augen sonderbar an. »Gefährlich?«
»Ich . . . ich gehe doch mit Karen.« Wie dumm das klang, wie unreif. Dabei hatte er es ganz anders sagen wollen.
»Ich hab' dir ja gesagt, Harry: Er läßt schon mal fünf gerade sein. Wenn du ihm allerdings in die Quere kommst, glaub' ich schon, daß er nicht mit sich spaßen läßt. Aber so ein bißchen . . . ich glaube, das Recht gesteht er ihr sogar ganz offiziell zu. Natür-

lich nicht in aller Öffentlichkeit, aber wenn sie's einigermaßen taktvoll anstellt ... Er weiß ja, daß sie immer wieder brav zu Papi zurückkommt.«
Harry inhalierte tief. »Wohin verschwindet er eigentlich immer?«
»Was meinst du?«
»Wohin verschwindet Kurt Gresham regelmäßig jeden Montag-, Mittwoch-, Freitag- und Sonntagabend zwei Stunden lang?«
»So regelmäßig nun auch wieder nicht. Manchmal ist er ja verreist.«
»Aber wohin?«
»Er hat eben geschäftlich zu tun.«
»Jeden Montag, Mittwoch, Freitag und sogar Sonntag?«
»Dienst ist Dienst. So ein Geschäftsmann hat's nicht leicht.«
»Aber du bist sein Anwalt ...«
»Sehr richtig. Nicht sein Privatsekretär.«
»Hast du ihn nie danach gefragt?«
»Weshalb denn?«
»Wie hast du ihn eigentlich kennengelernt?«
»Als Klienten.«
»Vor zehn Jahren?«
»Vor zehn Jahren. Als Klienten.«
Harry trank einen Schluck Kaffee. Er drückte seine Zigarette aus.
»Du bist Strafverteidiger.«
»Wie wahr.«
»Brauchte Gresham einen Strafverteidiger?«
Tonys strahlendweiße Zähne blitzten in einem herzlichen Lachen auf. »Da hat dich deine Logik aber auf Abwege geführt, mein Lieber. Ich bin Strafverteidiger. Ich habe Klienten. Folglich sind alle meine Klienten Kriminelle? Unsinn!« Jetzt zündete sich Tony eine Zigarette an. »Wenn es dich so sehr interessiert: Ich habe ihn durch einen Klienten kennengelernt, einen Makler, der sich in einige nicht ganz lupenreine Spekulationen gestürzt hatte. Die Geschädigten strengten einen Prozeß an, aber ich hab' den Mann freibekommen. Gresham kannte ihn geschäftlich, und die Art, wie ich ihn losgeeist hatte, imponierte ihm wohl. Jedenfalls übertrug er mir verschiedene seiner Zivilprozesse. So wurde ich sein Anwalt – für Zivilsachen, mein Freund, nicht für Strafsachen. Deine messerscharfen Folgerungen sind herzerfrischend. Sonst noch was, Herr Staatsanwalt?«
»Entschuldige«, murmelte Harry.

»Was soll ich entschuldigen?«
»Daß ich meine Nase in Dinge gesteckt habe, die mich im Grunde genommen nichts angehen.«
»Macht nichts, Kleiner. Freut mich, daß deine Lebensgeister offensichtlich wieder erwacht sind.«
»Sie wünschen noch etwas?« fragte der Kellner.
»Ich wünsch' mir allerlei«, meinte Harry trocken. »Aber ich bezweifle stark, daß ich es hier bekommen würde.«
»In Ermangelung von höheren Genüssen«, meinte Tony lachend, »werden wir uns auf eine zweite Kanne Espresso einigen.«

7

Am Dienstag hatte er fünf Patienten. Der Tag war heiß. Es war in diesem Jahr sehr früh Sommer geworden in New York, und er genoß dankbar die störungsfreie und lautlos funktionierende Klimaanlage der Praxis. Bis wieder ein Patient kam, saß er untätig, mit übereinandergeschlagenen Beinen in seinem Sessel. Seine Sprechstundenhilfe mochte eine schöne Meinung von seiner Praxis haben. Um halb eins rief Dr. Stone an und fragte, ob sie die Besprechung auf sieben Uhr abends verschieben könnten. Harry sagte sofort zu. Erst als er aufgelegt hatte, fiel ihm ein, daß er ja für acht Uhr mit Karen verabredet war. Er beschloß, dem guten Doktor zu sagen, er müsse um acht Uhr einen Hausbesuch machen. Ein wenig schuldbewußt dachte er daran, daß Peter Gross ihm ans Herz gelegt hatte, Dr. Stone genau zuzuhören. Ach was, dachte er, das kann ich auch im Zeitraffertempo erledigen. Überhaupt – was konnte Dr. Stone schon von ihm wollen? Er zuckte ungeduldig die Schultern.
Pünktlich um zwei verließ er die Praxis. Sein Mittagessen bestand aus einer Scheibe Roastbeef, einer Portion Spinat und ein paar zerkochten Kartoffeln, hinuntergeschlungen in einem Automatenrestaurant. Tony Mitchell hätte man nicht mal für tausend Dollar in ein Automatenrestaurant bekommen. Ach, zum Teufel mit Tony!
Nach dem Essen ging er zu seiner Bank und löste einen Scheck über zweihundert Dollar ein. Man konnte nie wissen, wieviel ein Abend mit Karen kostete. Sie war ein teures Mädchen. Dann

schlenderte er zum Central Park und setzte sich auf eine Bank in die Sonne. Er dachte über Kurt Gresham nach. Und über Karen und Tony Mitchell und über sich selber.
Was hatte er gestern abend über seinen Freund Tony erfahren?
Was hatte er zu erfahren gehofft? Zweierlei: Ob Mitchell von Greshams Rauschgifthandel wußte. Und ob er aktiv daran beteiligt war. Er lachte bitter auf. Lügen zeugen Lügen. Jetzt log er sich schon selber etwas vor. Eine viel wichtigere Frage hatte ihn gequält: Hatte Tony etwas mit Karen? Oder war früher einmal etwas zwischen den beiden gewesen?
Und was hatte er herausbekommen? Nichts.
Vielleicht gab es auch nichts zu erfahren.
Wenn Tony die zivilrechtlichen Angelegenheiten von Greshams Im- und Exporthandel bearbeitete, war es durchaus denkbar, daß er in den zehn Jahren seiner Tätigkeit für den Millionär nichts von dessen eigentlicher Einnahmequelle erfahren hatte. Andererseits brauchte Gresham für sein Rauschgiftsyndikat mit Sicherheit auch Anwälte. Gehörte Tony zu ihnen? Dann hatte er Schlepperdienste für Kurt Gresham geleistet, als er seinen alten Freund Harry mit den Greshams bekannt machte. Dann wußte er auch, auf welche Art und Weise Gresham ihn eingefangen hatte, und stellte sich absichtlich dumm.
War Mitchell an dem Rauschgifthandel beteiligt oder nicht? Das war die entscheidende Frage, und darauf gab es keine Antwort.
Harry seufzte.
Tony und Karen?
Tony kannte sie seit drei Jahren, wie er sagte. Da war sie noch nicht Greshams Frau, sondern Geschäftsführerin eines Nachtklubs in Philadelphia gewesen.
Karen hatte nie davon gesprochen. Überhaupt fiel es ihm jetzt auf, daß seine Schöne nie ein Wort über ihre Vergangenheit hatte fallenlassen.
Ein Nachtklub in Philadelphia, in der Stadt, in der Kurt Gresham mehrere Nachtklubs besaß. Und kurz darauf hatte er sie geheiratet.
Zufall? Brown brach dort auf seiner Sonnenbank im Central Park der kalte Schweiß aus.
Es war möglich, es war, wenn man einmal rigoros die Scheuklappen ablegte, sogar wahrscheinlich, daß der Nachtklub in Philadel-

phia, in dem Karen Geschäftsführerin gewesen war, Kurt Gresham gehörte. Und wenn dem so war?
Er sprang auf und setzte sich trotz der Hitze in Trab. Es war, als wolle er der Folgerichtigkeit seiner Gedanken entfliehen. Aber seine Gedanken liefen mit. Gresham hatte ihm gesagt, daß die Geschäftsführer der Nachtklubs Schlüsselfiguren in seinem Rauschgiftring waren. Karen mußte eine dieser Schlüsselfiguren gewesen sein. Erst als Angestellte, dann als Greshams Frau. Sie mußte über Greshams unsaubere Geschäfte ebensogut orientiert sein wie der Alte selber. Wie hatte sie ihm am Sonntag gesagt?
»Du schwebst in großer Gefahr, Harry. Auch das weiß ich. Ich liebe dich.«
Der Schweiß rann ihm in Bächen den Rücken herab. Heute abend würde er mehr wissen . . .

Dr. Alfred McGee Stone kam Punkt sieben Uhr. »Ich muß mich noch einmal entschuldigen . . .«, begann er.
»Im Gegenteil, eigentlich müßte ich um Entschuldigung bitten«, unterbrach ihn Harry, während er seinen Gast ins Sprechzimmer führte. »Ich muß nämlich um halb acht hier weg, um einen dringenden Hausbesuch zu machen. Ich hab es eben erst erfahren, sonst hätte ich Ihnen noch Bescheid gesagt.«
»Dann will ich mich kurzfassen«, sagte Dr. Stone. »Es ist ohnedies nur eine erste Fühlungnahme.« Er fuhr sich mit einem Taschentuch über den blanken, sonnengebräunten Schädel, schob seine randlose Brille auf den höchsten Punkt des Nasenrückens und lächelte. »Daß ich mit der Taugus-Klinik in Verbindung stehe, wissen Sie, nicht wahr?«
»Natürlich, Doktor. Sie sind doch ihr Leiter.«
»Wissen Sie etwas über die Klinik selbst?«
»Nicht viel.«
»Es ist eine mit beträchtlichen Mitteln versehene private Stiftung. Der Multimillionär Anders Johnson sen. stiftete das Gelände, die Gebäude und die Ausrüstung. Von Zeit zu Zeit erhalten wir Schenkungen von anderen Privatpersonen und von Organisationen. Wir verfügen über die modernsten medizinischen Apparaturen, und unser Personal ist Spitzenklasse. Wir haben einen großen ständigen Stab von Internisten, Chirurgen und Krankenschwestern sowie das übliche technische Krankenhauspersonal und außerdem eine ganze Anzahl externer Ärzte. Die Klinik liegt

landschaftlich außerordentlich reizvoll, die Verpflegung ist ausgezeichnet, und für die ständigen Mitarbeiter ist Wohnmöglichkeit in hübschen Bungalows auf dem Klinikgelände vorhanden. Ja, Doktor, das wäre es in großen Zügen.«
Dr. Brown warf einen verstohlenen Blick auf die Wanduhr.
»Unsere Wohlfahrtseinrichtung ist ausschließlich für die Angehörigen des Mittelstandes bestimmt.«
»Wie bitte?« entfuhr es Harry.
»Nicht für die Armen.«
»Für den Mittelstand? Eine Wohlfahrtseinrichtung?«
Dr. Stone lächelte. »Ein dummes Wort. Sagen wir also: unsere Dienste. Sie sind Arzt, Sie wissen selber, daß eine schwere Krankheit den Mittelstand finanziell am härtesten trifft. Die mittellosen Patienten werden in den Universitätskliniken kostenlos von hochqualifizierten Ärzten behandelt, und den Wohlhabenden tut natürlich auch eine lange Krankheit finanziell nicht weh. Aber für einen Mann aus dem Mittelstand ist eine schwere Krankheit meist eine Katastrophe. Und hier springt die Taugus-Klinik in die Bresche. Es ist die erste Einrichtung dieser Art, die erste, die gegen ein angemessenes, ich möchte fast sagen minimales Honorar, das der Patient bei seiner Aufnahme zu zahlen hat, eine zeitlich unbegrenzte Behandlung bietet.«
»Aber der Begriff ›Mittelstandseinkommen‹ ist höchst dehnbar«, wandte Harry ein. »Nach welchen Gesichtspunkten wählen Sie aus?«
»Der Hausarzt stellt für seinen Patienten einen Antrag, den unsere Prüfer bearbeiten. Die Schwere der Erkrankung, das Einkommen der Familie und eventuelle Rücklagen werden berücksichtigt. Aufgrund des Berichtes unserer Prüfer entscheiden wir dann über die Aufnahme. Was halten Sie von unserem Unternehmen, Dr. Brown? Ich muß hinzufügen, daß man uns schon mit allen möglichen wenig schmeichelhaften Bezeichnungen belegt hat. Das mindeste war, daß man uns Wegbereiter des Wohlstandsstaates genannt hat. Unsere Gegner gehen allerdings noch weiter und bezeichnen uns glattweg als Kommunisten. Der alte Anders Johnson hat das übrigens geahnt und sich nicht schlecht darüber amüsiert. Er war ein krasser Individualist, und die sogenannte öffentliche Meinung konnte ihm gestohlen bleiben.«
»Sagen Sie mal, Dr. Stone – was wollen Sie eigentlich von mir?«

Dr. Stone sah ihn scharf an. »Wissen Sie, wer unsere Chirurgische Abteilung leitet?«
»Dr. Lewis Blanchette. Dr. Gross hat es mir gesagt.«
»Gross hat mit Ihnen gesprochen?« rief Dr. Stone verblüfft.
»Er hat mich angerufen und mir dringend empfohlen, die Ohren aufzusperren, wenn Sie mich besuchen.«
»So ein gerissener Hund.« Stone lachte. »Der geborene Intrigant. Ja, also Lewis Blanchette sucht einen Assistenten. Einen guten Mann. Ich brauche Ihnen wohl nicht zu sagen, was das beruflich bedeutet.«
»Nämlich?« fragte Harry Brown.
»Blanchette und Gross sind Jugendfreunde. Es scheint, daß Peter Gross Sie seinem Freund Blanchette für den Posten empfohlen hat. Was halten Sie davon? Sie hätten übrigens bis Anfang nächsten Jahres Zeit, Ihre Angelegenheiten hier zu regeln. Na, Doktor, wie steht's?«
»Ich werde es mir überlegen«, sagte Harry.
Dr. Stones Lippen wurden schmal. Er schob erregt seine rutschende Brille hoch. »Sie lehnen also ab?«
»Ich sagte, daß ich es mir überlegen will, Dr. Stone. Von einer Ablehnung war nicht die Rede.«
»Doktor, ich bin Menschenkenner genug, um zu kapieren, wann mir ein Korb präsentiert wird. Ich finde, Sie sollten sich in Ihrem eigenen Interesse wenigstens die Bedingungen anhören.«
»Natürlich, Doktor.« Harry sah wieder auf die Uhr. Diesmal merkte es Dr. Stone, und seine Stimme wurde eine Spur schärfer.
»Zunächst die Vorteile. Für einen jungen Chirurgen, der täglich eng mit Dr. Lewis Blanchette zusammenarbeitet, ist das eine kostenlose Ausbildung zur absoluten Spitzenklasse – das dürfte wohl klar sein.«
»Ja.«
»Als sein Assistent wird er außerdem bekannt, und das kann sich nur günstig auswirken.«
»Ja.«
»Jetzt die Nachteile. Wenn Dr. Blanchette Sie nimmt, würden Sie einen Vertrag auf längere Zeit eingehen müssen.«
»Auf wie lange?«
»Sieben Jahre. Danach sind Sie frei. Natürlich würden wir es begrüßen, wenn Sie auch weiterhin bei uns arbeiten würden. Aber

die Entscheidung liegt bei Ihnen, Dr. Brown.«
»Nach sieben Jahren«, wiederholte Harry. »Und wie steht's mit dem Gehalt, Dr. Stone?«
»Sie müssen bedenken, daß unsere Arbeit hauptsächlich aus freiwilligen Zuwendungen finanziert wird«, sagte der Arzt ein wenig hastig. »Zehntausend jährlich.«
Harry unterdrückte ein spöttisches Lachen. Da konnte er lange auf seine goldenen Berge warten.
»Als Anfangsgehalt«, fuhr Dr. Stone fort. »Das Gehalt steigert sich jährlich. Nach sieben Jahren würden Sie etwa auf fünfzehntausend kommen. Dafür haben Sie keine Ausgaben für Verpflegung, und Sie können kostenlos in einem Bungalow auf dem Klinikgelände wohnen. Wenn Sie heiraten, besteht die Möglichkeit, daß Sie ein größeres Haus bekommen. Dazu kommen natürlich sechs Wochen Urlaub, soziale Leistungen, wie Altersversorgung, Gehaltsfortzahlung im Krankheitsfall und so weiter. Ach, eins möchte ich noch sagen, Dr. Brown . . .«
Der Alte redet wie ein Buch, dachte Harry. »Ja, Doktor?« fragte er höflich.
»Wenn Sie sich nach Ablauf des Siebenjahresvertrages entschließen würden, die Zusammenarbeit mit der Klinik zu lösen, hätten Sie draußen glänzende Aussichten. Wenn es Ihnen ums Geldverdienen geht« – ein geschickter Stratege, dachte Harry, oder hat der alte Gross ihn entsprechend geimpft? –, »wäre das für Sie auch keine schlechte Chance. Als früherer Mitarbeiter von Blanchette haben Sie das denkbar beste Sprungbrett. Ich brauche Ihnen wohl nicht zu sagen, daß die Chirurgie für einen Spitzenkönner ein sehr lukratives Feld ist. Es tut mir leid, wenn ich es so kommerziell ausdrücke, aber mir liegt daran, daß Sie ein klares Bild bekommen. Das nehmen Sie mir hoffentlich nicht übel, Doktor Brown?«
»Natürlich nicht«, versicherte Dr. Brown mit todernstem Gesicht.
Sieben Jahre vertraglich festgenagelt. Dann, dachte er, bin ich fast vierzig. So lange soll ich warten? Auf den Reichtum, auf den greifbaren Erfolg? Zehntausend, höchstens fünfzehntausend pro Jahr. Einschließlich »sozialer Leistungen«. Am liebsten hätte er es herausgeschrien: »Ein einziger Patient, Dr. Stone, zahlt mir jetzt schon ein Jahreshonorar von fünfundzwanzigtausend Dollar. Und das ist erst der Anfang. Mit Vierzig bin ich am Ziel.«

Oder? dachte Dr. Harrison Brown. Vielleicht sitze ich mit Vierzig im Gefängnis. Oder ich bin tot . . .
Er fuhr mit der Hand über die Stirn.
»Ist Ihnen nicht gut?« fragte Dr. Stone.
»Nur leichte Kopfschmerzen«, wehrte Dr. Brown ab.
»Ich habe Sie doch nicht aufgehalten?« Dr. Stone stand auf, und auch Brown erhob sich. »Kann ich wieder einmal vorbeikommen? Ich bin meist dienstags in der Stadt.«
»Gern, Doktor.«
»Und Sie überlegen sich die Sache noch einmal?«
»Natürlich.«
»Es kam alles ein bißchen überraschend, ich weiß. Sie müssen die Dinge erst einmal verarbeiten. Sprechen Sie gelegentlich in Ruhe mit Gross darüber. Wenn Sie wollen, arrangiere ich auch mal eine Besprechung mit Blanchette.«
»Ich will's mir überlegen, Dr. Stone. Und vielen Dank.«
Sie schüttelten sich die Hand, Harry begleitete ihn zur Tür und schloß hinter ihm ab.
Er riß sich den Anzug vom Leibe, ging unter die Dusche, rasierte sich und zog sich in Windeseile um, schloß die Praxis ab, warf sich in seinen Wagen und raste durch die schwülen Straßen zur Park Avenue. Fünf Minuten nach acht hielt er vor dem eleganten Apartmenthaus, in dem die Greshams wohnten. Er wollte gerade dem Pförtner seine Wagenschlüssel geben, da sah er sie in der Halle stehen. Sie wartete schon.

8

Sie trug ein kurzes, ärmelloses weißes Leinenkleid, weiße Schuhe und keine Strümpfe. In der Hand hatte sie eine weiße Leinenjacke und eine kleine weiße Tasche.
Ihre langen Beine und bloßen Arme hatten die Farbe von warmem, frischem Toast. Ihr kupferfarbenes Haar war im Nacken zu einem Pferdeschwanz zusammengebunden. Sie hatte die Lippen nur mit einem pastellfarbenen Lippenstift nachgezogen. Sonst trug sie kein Make-up.
Als sie einstieg, schob sich das enge Kleid hoch. Er sah sekundenlang ihre braunen Schenkel. Das Atemholen wurde ihm schwer.

Sein Herz hämmerte, und seine Hände wurden unruhig. Dann saß sie ganz dicht neben ihm und versuchte, brav den Rock über die Knie zu ziehen.
»Guten Abend.« Ihre Stimme war warm und nah.
»Guten Abend. Hunger?«
»Ich falle gleich um.«
»Ich auch. Wo möchtest du essen?«
»Nicht bei Giobbe«, sagte sie.
Er fuhr unwillkürlich zusammen.
Sie lachte. »Tony hat mich heute angerufen«, erklärte sie.
»Dann kennst du das Lokal?«
»Natürlich. Du weißt doch, wie Tony ist. Immer auf der Suche nach neuen Attraktionen, und wenn er dann mal was gefunden hat, reitet er es zu Tode. Ja, Liebling, ich kenne Giobbe. Genauer, als mir lieb ist.«
Der Wagen rauschte über die Park Avenue. »Wo sonst?«
»Irgendwo außerhalb der Stadt«, sagte sie. »Ich will ins Kühle, aufs Land. Ich will mit dir essen, trinken, tanzen. Ich fahre heute nicht nach Hause zurück.«
»Westchester?« schlug er vor. »Connecticut?«
»Ich weiß was: Jersey! Da gibt's ein Restaurant – *Heavenly Grotto*, die himmlische Grotte nennt es sich. Ein kitschiger Name, aber es ist wirklich himmlisch. Gute Musik, gute Ausstattung, gutes Essen, Kerzenlicht. Kurt hat mich vor unserer Heirat mal dahin eingeladen. Gleich daneben ist ein sehr gutes Motel. Da haben Kurt und ich gewohnt. In Einzelbungalows. Wir können einen sparen.«
»Wie muß ich fahren?«
»Erst mal über die George-Washington-Brücke. Dann sag' ich dir weiter Bescheid. Mein Gott, was hab' ich mich auf diesen Abend gefreut. Es ist so heiß, daß man nicht mal mehr richtig denken kann. Abscheulich.«
»Ja.«
»Da draußen ist es kühl; herrlich kühl.«
Er bog links ab, fuhr durch den Park und hinüber zum West Side Highway. Vom Hudson wehte eine leichte Brise herüber. Die Brücke hob sich wie ein zerbrechlicher Scherenschnitt gegen den dunstigblauen Himmel ab.
»Hast du mich vermißt seit Sonntag?«
»Ja.«

»Gefällt dir mein Vorschlag?«
»Welcher?«
»*Himmlische Grotte.* Und *Goldene Höhle.*«
»Goldene Höhle?«
»So heißt das Motel.« Sie kicherte. »Verrückter Name, was?«
»Das hätte ich vorher wissen sollen.«
»Was?«
»Motel.«
»Jetzt hör mal zu, mein wortkarger Geliebter. Du mußt aufhören, in Rätseln zu sprechen. Was hättest du wissen sollen?«
»Ich hätte einen Koffer mitgebracht. Einen zweiten Anzug. Irgendwas.«
»Herr Doktor – wir bereiten doch keine Operation vor. Gerade so ein plötzlicher Einfall macht doch Spaß. Wie kommt es, daß du nachts so romantisch bist und bei Tage so ein Spießbürger?«
»Ach, laß«, wehrte er ab.
»Einen zweiten Anzug wirst du sowieso nicht brauchen. Und der, den du anhast, hängt ohnehin die meiste Zeit auf dem Bügel. Zuerst werden wir uns in der *Goldenen Höhle* brav als Mr. und Mrs. Brown anmelden und uns frisch machen. Dann essen und tanzen und trinken und reden wir, trotten in unsere Höhle zurück, hängen unsere Kleider auf und lassen sie hängen. Liebst du mich, mein Schatz?«
»Ja.«
»Deshalb wohnen meine Dienstboten nicht im Haus.«
»Was?« fragte er verblüfft.
»Damit sie nicht wissen, was ihre Brötchengeberin mit ihren Nächten anfängt.«
»Ach so.« Seit zwei Jahren bist du verheiratet, dachte er, und wir kennen uns seit vier oder fünf Monaten. Wer war mein Vorgänger, schöne Karen? »Wir haben eine Menge zu bereden«, sagte er laut.
»Worauf du dich verlassen kannst«, meinte Karen sorglos. Sie öffnete ihre Handtasche, angelte zwei Zigaretten aus der Packung, zündete sie an und schob ihm eine davon zwischen die Lippen.
Dann kuschelte sie sich in eine Ecke, streckte die Beine aus, lehnte den Kopf zurück und schloß halb die Augen.
Sie rauchten schweigend, bis sie die Brücke überquert hatten. Die *Goldene Höhle* machte ihrem Namen alle Ehre. Die Bungalows

waren ganz in Weiß und Gold möbliert. Harry hielt vor dem Büro und trug sich ein: Mr. und Mrs. Harrison Brown.
»Wie lange wollen Sie bleiben?« fragte der Portier. Er war ein kleiner, adretter braungebrannter Mann.
»Bis morgen früh.«
»Macht dreizehn Dollar.«
Harry zahlte.
»Bungalow Nr. 4. Hier entlang, bitte«, sagte der Mann. »Halten Sie bitte vor dem Bungalow. Ich gehe zu Fuß.«
Er lief, Harry fuhr. Karen saß faul neben ihm.
In Bungalow Nr. 4 sagte der Braungebrannte: »Wenn Sie etwas brauchen – Erfrischungsgetränke, Zigaretten, Telefon –, melden Sie sich bitte im Büro. Es ist die ganze Nacht besetzt. Der Bungalow muß bis morgen vormittag um elf geräumt werden. Hier ist Ihr Schlüssel. Vielen Dank. Kommen Sie bald wieder.«
Als sie allein waren, machten sie sich frisch. Sie rührten einander nicht an. Sie redeten belangloses Zeug; wie schön der Abend sei, wie angenehm der saubere, geschmackvolle Bungalow.
Dann fuhren sie zur *Himmlischen Grotte* hinüber, die äußerlich nichts von einer Grotte an sich hatte, sondern sich als ein zweistöckiges Gebäude mit einem rotglühenden Neonschild entpuppte. Das Restaurant mit Kerzenbeleuchtung war in ein Labyrinth kleiner Nischen aufgeteilt. Auf den Tischen lagen lavendelfarbene Tischtücher. An der Tanzfläche spielte ein Streichorchester. Um den großen Raum zog sich eine Galerie mit einem schmiedeeisernen Gitter. Die Tische waren fast alle besetzt, die Gäste machten einen gediegenen Eindruck.
Der weißbefrackte Geschäftsführer sagte sofort: »Oben auf der Galerie ist es ruhiger.«
»Gut, also auf zur Galerie«, bestimmte Harry. Sah man ihnen denn das frischverliebte Paar auf den ersten Blick an?
Der Geschäftsführer ging ihnen voran zu der steilen schmiedeeisernen Treppe. »Der Kollege oben wird sich um Sie kümmern. Er heißt Danny.«
»Vielen Dank«, sagte Harry.
Die Treppe war schmal, und Karen ging voran. Der Geschäftsführer blieb unten stehen. Ohne hinzuschauen, wußte Harry, daß der Mann Karens Beine bewunderte. Verständlich, dachte er. Sie hat wundervolle Beine. Sie ist eine wundervolle Frau. Laß ihm das Vergnügen.

Der Kollege des Weißbefrackten führte sie in eine Nische, zündete die Kerzen an und ließ sie in dem lavendelblauen Schimmer allein. Ein Kellner brachte lavendelfarbene Speisekarten. »Getränke?«

»Einen doppelten Wodka-Martini«, sagte Karen.

»Zwei Doppelte«, bestellte Harry.

Der Kellner trabte davon. Die Musik war leise und unaufdringlich. Schon bevor die Getränke kamen, spürte Harry, wie sich die Spannung in ihm löste. Und als er den ersten Drink hinter sich hatte, fühlte er wieder festen Boden unter den Füßen.

Der Kellner erschien wieder. »Möchten Sie jetzt bestellen?«

»Nein.« Karen schob die Speisekarte beiseite. »Ich möchte erst noch einen Drink.«

»Wieder einen Doppelten?« fragte der Kellner.

»Einen Doppelten«, bestätigte Karen.

Harry nickte.

Sie tranken diesmal langsamer. Ihre Knie berührten sich. »Also schieß los, Karen«, sagte Harry.

»Womit?« fragte sie.

»Du schwebst in großer Gefahr, Harry.« Er imitierte ihren Tonfall.

»Ach das . . .«

»Ja. Das.«

»Da muß ich ziemlich weit ausholen.«

»Das schadet nichts.«

»Möchtest du nicht zuerst essen?«

»Wir haben noch viel Zeit.«

»Ein Drink soll doch angeblich so appetitanregend sein.«

»Zwei Drinks heben vielleicht die Wirkung wieder auf.«

»Und vier?«

»Vier?«

»Wir sind bei unserem vierten, Liebling. Es waren doppelte . . .«

»Du weichst mir aus, Karen.«

»Allerdings.«

»Warum?«

»Das Thema Gefahr ist nie angenehm. Du steckst bis zum Hals drin. Ich auch, aber nicht ganz so tief. Und außerdem . . .« Sie lächelte. »Das Ausweichen bin ich seit Wochen gewohnt.«

»Dann wird es Zeit, daß du damit Schluß machst. Was hast du mit diesem Wort gemeint, Karen?«

Sie setzte das Glas ab und griff nach einer Zigarette. Er zündete ein Streichholz für sie an.

»Danke, Liebling. Tja, es fängt an wie eine Kalendergeschichte: Es war einmal ein Mädchen, dessen Mutter es sich in den Kopf gesetzt hatte, daß die Tochter studieren sollte. Das Mädchen war ich. Mein Vater war damals schon tot, meine Mutter arbeitete als Kellnerin. Sie war nicht mehr jung. Meine Eltern hatten spät geheiratet. Ich war das einzige Kind. Ich studierte, bestand meine Abschlußprüfung mit Glanz und Gloria. Was tut ein Mädchen mit einem Universitätsdiplom?«

»Da gibt es viele Möglichkeiten.«

»Aber keine, bei der man auf einen grünen Zweig kommt.«

»Was wolltest du denn?«

»Geld. Viel Geld. Und zwar möglichst schnell.«

Um Browns Mund zuckte es bitter.

»Wir hatten uns immer ziemlich kümmerlich durchschlagen müssen. Schon als Kind hab' ich von einem sorgenfreien Luxusleben à la Hollywood geträumt. Wie stellt man es als junges Mädchen mit Universitätsdiplom an, so einen rosafarbenen Kinotraum in die Wirklichkeit umzusetzen?«

»Man heiratet das Geld, wenn man hübsch genug ist.«

»Findest du, daß ich hübsch genug bin?«

»Du bist eine Schönheit«, sagte er rauh.

»Wo steckt das Geld? In den Großunternehmen. Ich hatte Steno und Maschinenschreiben gelernt und bekam gute Jobs als Sekretärin bei den großen Firmen. Ich legte meine Angel aus, um einen reichen Mann an Land zu ziehen. Die mit den dicken Brieftaschen waren entweder schon in festen Händen oder ausgesprochen allergisch gegen Heiratsabsichten. Ins Bett gehen wollten sie alle mit mir, aber es sollte nicht das Ehebett sein. Dann starb meine Mutter, ich hängte den ganzen Sekretärinnenkrempel an den Nagel und wurde Tänzerin.«

»Tänzerin?«

»Striptease.«

»Du?« Harry starrte sie an. »Bei deinen Fähigkeiten . . .«

»Das sagt sich so leicht, mein Kleiner. Aber überleg mal: Was hatten mir Intelligenz und meine Universitätsbildung bisher eingebracht? Ein Taschengeld. Da hab ich Inventur gemacht und festgestellt, daß ich noch andere Aktivposten besitze, die mehr zu Buche schlagen. Inzwischen war ich fünfundzwanzig geworden;

viel länger durfte ich nicht mehr warten.«
»Und die Liebe?«
»Was meinst du?«
»Du warst fünfundzwanzig – und hattest dich noch nicht verliebt?«
»Zwei- oder dreimal hatte ich es mir eingebildet. Aber die Kerle entpuppten sich als pflaumenweiche Heinis. Ich kann Heinis nicht ausstehen. Nein, ich war nie verliebt.«
»Nie?«
»Du bist die rühmliche Ausnahme, mein Schatz.« Sie lehnte sich lächelnd an ihn und drückte seine Hand.
»Du warst also fünfundzwanzig Jahre alt und wurdest Striptease-Tänzerin«, faßte Harry zusammen und entzog ihr seine Hand.
»Mit meiner Figur fiel es mir nicht schwer. Die hohe Kunst des Ausziehens ist sehr einträglich. Es gibt Schulen, die darin unterrichten.«
»Was du nicht sagst«, bemerkte Brown verblüfft.
»Ich hatte etwas Geld gespart und suchte mir die beste Schule aus, die ich finden konnte. Wenn man gut ist, weist einem die Schule nach der Abschlußprüfung Engagements nach. Ich war gut. Ich habe die ganze Tingeltour mitgemacht.«
»Tingeltour?«
»Los Angeles, San Franzisko, Reno, Vegas, New Orleans, Detroit, Chikago, Dallas, Houston, New York, Philly. Tingelmiezes Wanderjahre ... Ich verdiente drei-, vierhundert Dollar die Woche. Endlich konnte ich mir die Kleider leisten, die ich mir immer gewünscht hatte. Und für flotte Wagen, eine hübsche Wohnung, Pelze, Schmuck und ein gutgepolstertes Bankkonto sorgten meine Fans. Währenddessen hatte ich immer noch meine Angel draußen, um den dicken Fisch mit dem Ehering in der Nase zu fangen. Ich weiß, mein Schatz, Eigenlob stinkt – aber eine Stripperin wie mich konntest du mit der Lupe suchen. Wo findest du schon ein Mädchen, das sich fließend über Kunst oder Literatur unterhalten kann, wenn es nicht gerade seine nackten Tatsachen sprechen läßt? Ich hab's ganz schön bunt getrieben. Aber alle wußten sie, wie weit sie bei mir gehen durften. Irgendwo sahen sie doch noch die Lady in mir.«
Sie schwieg einen Augenblick.
»Als ich in einem Klub in Philadelphia arbeitete, interessierte sich

ein gewisser Kurt Gresham für mich. Er war oft dort. Erst viel später erfuhr ich, daß ihm der Laden gehörte.« Sie lachte wieder auf. »Er war der Fisch, von dem ich geträumt hatte. Ein Millionär. Und ich gefiel ihm: mein Körper, mein Gesicht, meine Jugend. Später hab ich erfahren, daß er meine Vergangenheit durchleuchtet hat. Gründlich durchleuchtet. Er wußte, daß ich auf der Universität gewesen war, daß ich meine Prüfung mit Glanz gemacht hatte. Ich hab' ihn auf Distanz gehalten, Liebling. Und das war genau die richtige Masche. Er schluckte den Köder samt Haken und Leine.«
Harry nippte sehr langsam an seinem Drink. Er wollte sich nicht betrinken. Noch nicht jedenfalls.
»Er war mehr als doppelt so alt wie ich«, fuhr Karen halblaut fort. »Und er hatte schon drei Ehen hinter sich. Ich glaube, letzten Endes hat es ihm am meisten imponiert, daß ich Grips hatte und auch Gebrauch davon machte. Er hat mich von der Bühne geholt und mich zur stellvertretenden Geschäftsführerin des Clubs gemacht. Das Gehalt war anständig. Mir war's recht. Mein Fisch hing am Haken, langsam würde er sich müde zappeln. Und dann hat er mich angeworben.«
»Angeworben?«
Sie sah ihn unbewegt an. »Du weißt genau, was ich meine.«
»Tatsächlich?«
»Stell dich nicht so dumm. Wir reden jetzt ohne Verzierungen miteinander – das ist nämlich für uns beide bekömmlicher, mein Schatz!«
Harry trank sein Glas leer.
»Stück für Stück holte er alles aus mir heraus. Ich kenne ihn jetzt. Er hatte meine Schwäche gefunden – Geld. Ich bin ihm auf den Leim gegangen, genau wie du jetzt, Harry. Allerdings hatte ich einen Vorteil, den du und seine übrigen Marionetten nicht haben: Er wollte mich für seine Zwecke einsetzen, so wie er dich jetzt für seine Zwecke einsetzen will, aber außerdem war er auch in mich verliebt. Schließlich schenkte er mir reinen Wein ein. Und für mich hieß es: Entweder mache ich mit, oder ich bin ein für allemal unten durch. Weißt du, was es heißt, bei Kurt Gresham unten durch zu sein? Es bedeutet, daß man mausetot ist.«
Er schwieg.
»Wo war ich stehengeblieben?« fragte Karen.
»Er hat dich angeworben.«

»Er wußte – unterschätze ihn nicht, Kurt ist ein Genie –, er wußte, ebenso wie er es bei dir weiß, daß ich ihm keinen Korb geben würde. Er hat sich nicht geirrt.«
»Du wurdest Geschäftsführerin des Clubs.« Er zerkrümelte einen Zigarettenstummel.
»Mit allen Rechten und Pflichten. Ich nehme den Ruhm für mich in Anspruch, in Kurt Greshams langer, glänzender Laufbahn sein einziger weiblicher Geschäftsführer gewesen zu sein. Mein Gehalt betrug tausend Dollar pro Woche zuzüglich Leistungszulage. Und mein Fisch schlug sich schon die Schnauze am Bootsrand blutig. Als ich ihn einholte, geschah es zu meinen Bedingungen.«
»Und die waren?«
»Ich hab' jetzt Hunger, Harry.«
»Hat sich deine Leine verhakt?«
»Das nächste Kapitel betrifft dich, aber es ist besser, wenn du dich vorher stärkst, Liebling.«
Er zuckte die Schultern und versuchte, den Ober mit einem Blick herbeizuzitieren.
»Wir wollen essen und tanzen und uns ein bißchen betrinken. Wir haben ja die ganze Nacht Zeit.«

9

Sie waren wieder im Bungalow Nr. 4 der *Goldenen Höhle* gelandet. »Ich bin völlig ausgedörrt«, jammerte Karen.
»Ich auch, mein Schatz.«
»Kannst du nichts dagegen tun?«
»Gemacht. Was soll schon pas-passieren?« Worte mit mehr als zwei Silben bereiteten ihm schon einige Schwierigkeiten.
Er bewegte sich in Schlangenlinien auf das Büro zu. Der braungebrannte Mann saß stocknüchtern in einem Sessel und las Zeitung.
»'n Abend«, sagte Harry.
»'n Abend«, gab der Mann zurück.
»Gibt's bei Ihnen Schnaps?« fragte Harry.
»Schnaps, Doktor?« Er faltete die Zeitung zusammen und legte sie auf die Sessellehne.
»Doktor? Woher wissen Sie . . .«

»Habe das Arztschild am Wagen gesehen«, erläuterte der Angestellte. »Sagten Sie eben Schnaps, Doktor?«
»So sagte ich.«
»Acht Meilen weiter ist die nächste Spirituosenhandlung. Aber ich schätze, die hat jetzt geschlossen.«
»Deshalb komme ich ja zu Ihnen.«
»Unter uns, Doktor – ich trink' selber ab und zu gern einen Schluck. Zufällig hab ich deshalb grade was da . . .«
»Zufällig vielleicht Wodka?«
»Zufällig auch Wodka, Doktor.«
»Verkaufen Sie mir eine Flasche.«
»Leider, leider geht das nicht, lieber Doktor. Sie wissen doch: die leidigen Vorschriften . . .«
»Ich will Ihnen was sagen«, meinte Harry, »als Arzt kann ich mir Wodka verschreiben. Als Medizin. Für den eigenen Bedarf. Wieviel kostet eine Flasche Wodka-Medizin?«
»Ohne Genehmigung darf ich nichts abgeben, Doktor«, sagte der Angestellte und entblößte lächelnd eine Reihe wackliger Zähne. »Aber ich könnte Ihnen eine Flasche schenken.«
»Aha.«
»Ich hab da zufällig noch 'ne Flasche *Roses Lime Juice.* Importware aus England. Ich hab' auch Eiswürfel.«
»Könnten Sie mir den *Lime-Saft* und die Eiswürfel verkaufen?«
»Natürlich. Das ist nicht verboten. Aber jetzt, mitten in der Nacht, kostet das natürlich 'nen kleinen Zuschlag.«
»Und würden Sie dann die Flasche Wodka dazugeben?«
»Ich hab gewaltige Achtung vor Medizinmännern. Ich würde mich glücklich schätzen, wenn Sie die Flasche als Zeichen meiner Wertschätzung annehmen würden.«
»Wieviel?«
»Dreißig Mäuse.«
»Dreißig?«
»Die Eiswürfel sind erste Qualität, Doktor.«
»Das gehört sich auch so«, sagte Harry. Er zog seine Brieftasche hervor, und der braungebrannte Mann förderte sein Zeichen der Wertschätzung zutage.
Ihr Kleid hing auf dem Bügel. Sie trug nur einen Büstenhalter und ein winziges Höschen. Das lange Haar umloderte ihr Gesicht wie ein Sonnenuntergang. Sie nahm Harry das Tablett ab.
»Dein unwiderstehlicher Charme hat's mal wieder geschafft, was?«

»Und dreißig Dollar«, bemerkte Harry trocken. Er zog das Jackett aus.
»Trotzdem ... Er kennt dich doch gar nicht. Du hättest ja ein Regierungsprüfer oder so was sein können.«
»Er hat das Arztschild am Wagen gesehen«, erklärte er und riß sich Krawatte und Hemd vom Leibe. »Hast du einen Kamm?«
Sie gab ihm den Kamm aus ihrer Handtasche. Er wusch sich kalt und kämmte sich die Haare. Als er zurückkam, waren die Drinks fertig. Sie stießen an.
»Auf uns«, lächelte Karen. In ihren Augen stand ein erregter Glanz.
»Auf uns«, wiederholte er.
Es war warm im Zimmer. Er öffnete die Fenster und ließ die Jalousien herunter. Dann setzte er sich mit seinem Drink in den glänzenden, plastikbezogenen Sessel. Sie streckte sich auf dem Bett aus.
»Ich warte auf die Fortsetzung«, sagte Harry.
»Wo war ich stehengeblieben?« Sie zog ein Gesicht.
»Du warst Geschäftsführerin eines Nachtclubs in Philadelphia, für tausend Dollar die Woche; der große Boss war in dich verliebt.«
»Ja, und zwar heftig. Er wollte mich heiraten.«
»Und so heirateten sie, und wenn sie nicht gestorben sind, leben sie heute noch.«
»Nicht so schnell. Es gab da noch eine technische Schwierigkeit.«
»Und zwar?«
»Das Geld.«
»Die Wurzel allen Übels.«
»Falsch, mein Schatz. ›Geiz ist eine Wurzel allen Übels‹, heißt es bei Timotheus. Aber ich kann dir mit einem anderen Zitat helfen: ›Wer Geld liebt, wird Geldes nimmer satt.‹«
»Und?«
»Kurt wollte also heiraten, und ich wich aus. Zuerst war er, glaube ich, baß erstaunt. Er hatte wohl gedacht, ich würde mich in seine Arme stürzen, wenn er nur den Ring vor meiner Nase baumeln ließ. Als er merkte, daß es mir ernst war, sagte er: ›Na gut, dann wollen wir doch mal überlegen, ob wir uns nicht einigen können.‹«
»Und du hast ihm eine rührende Geschichte serviert ...«

»Nein. Ich hab ihm ganz ehrlich gesagt, was ich vom Leben erwarte – Geld, Luxus, Ansehen. Ich hab ihm gesagt, daß ich ihn nicht aus Liebe heiraten würde, sondern weil mir alle diese Dinge, die ich haben wollte, zufielen, wenn ich seine Frau würde. Daß ich versuchen würde, ihm eine gute Frau zu sein, aber daß ich auch viel für Männer übrig hätte. Daß er alt sei und ich ihn höchstwahrscheinlich betrügen würde. Wenn er mich unter diesen Bedingungen noch heiraten wollte, würde ich ›ja‹ sagen.«

»Stop«, unterbrach Harry. »Du willst mir doch nicht erzählen, daß er das geschluckt hat?«

»Widerspruchslos, mein Schatz. Du kennst Kurt nicht. Er haßt es, hinters Licht geführt zu werden. Es imponiert ihm, wenn man die Karten offen auf den Tisch legt. Er hat sich die Sache durch den Kopf gehen lassen und mir dann erklärt, er hätte Verständnis für meine Wünsche. Er sei nicht eifersüchtig, dafür aber alt und verbraucht und hätte ein schwaches Herz. Er erwarte nicht, daß ich mich in ihn verliebte. Es ginge ihm nur darum, mich zu besitzen, und dazu wären gewisse Investitionen wohl unumgänglich.«

»Und die Rechnung?« fragte Harry gepreßt.

»Die Heiratsurkunde.«

»Und was sollte für dich dabei herausspringen?«

»Hunderttausend Dollar in bar.«

»Halb geschenkt.«

»Werde nicht eklig, mein Schatz, das steht dir nicht. Komm, mach uns noch einen Drink zurecht.« Karen hielt ihr leeres Glas hin. Er stand auf, mixte schweigend, zündete eine Zigarette für sie an, schob ihr einen Aschenbecher aufs Bett. Dann ging er zu seinem Sessel zurück.

»Die hunderttausend waren ja nur als Anzahlung gedacht«, fuhr Karen unerschüttert fort. »Als Nadelgeld. Es sollte noch viel mehr geben. Millionen.«

»Millionen?« Harry starrte auf ihren geschmeidigen Körper. »Er wollte dir Millionen überschreiben?«

»Das hab' ich nicht gesagt.«

»Aber . . .«

Aus irgendeinem Grunde reizte sein Tonfall sie bis aufs Blut. Ihre Augen funkelten. »Verdammt noch mal, frag nicht soviel«, rief sie außer sich.

»Entschuldige.« Harry hielt sich an seiner Zigarette fest.

»Wir setzten also unsere Verhandlung fort. Das Kaufobjekt war

ich – soviel stand fest. Es ging jetzt nur noch um die Verkaufs- und Lieferbedingungen. Sein Alter – das war ein gutes Argument zu meinen Gunsten. Wenn er plötzlich starb, dann konnte ich in den Mond sehen. In seinem Testament würde er mich gut versorgen, wandte er ein. Darauf ich: ›Testamente sind nicht unabänderlich.‹ Woraufhin er von dem gestzlichen Pflichtteil für die Witwe anfing. ›Wenn du nun aber bei deinem Tod keinen roten Heller mehr besitzt?‹ fragte ich. Je dickköpfiger ich wurde, desto mehr Respekt bekam er vor mir. Ich will dich nicht mit Einzelheiten langweilen. Es blieb nicht bei einem Gespräch.«
»Und was war das Ende vom Lied?«
»Drei Millionen Dollar wurden bei einer Bank zur treuhänderischen Verwaltung hinterlegt. Nach Kurts Tod gehören die drei Millionen mir. Die Schenkung ist nur unter einer Bedingung hinfällig – wenn ich mich von ihm scheiden lasse.«
»Angenommen, er läßt sich von dir scheiden?«
»Das berührt die Abmachung nicht. In diesem Punkt war ich ganz eisern, und er hat schließlich nachgegeben. Er wollte mich eben mit Haut und Haaren kaufen.«
»Das scheint ihm gelungen zu sein. Hieß dein Anwalt zufällig Tony Mitchell?« Die Frage kam wie ein Peitschenknall.
Karen dehnte und reckte sich wie eine schöne, faule Katze. Sie lachte leise und kehlig. »Mein Dummerchen. Tony war natürlich sein Anwalt.«
»Und deiner?«
»Ein Mann, der nicht das geringste mit Kurt Gresham und Genossen zu tun hatte. Ein Spitzenkönner in seinem Fach. Als der Vertrag fix und fertig aufgesetzt war, habe ich ihn hinter seinem Rücken noch einmal prüfen lassen.«
Harry schüttelte den Kopf. »Du bist eine erstaunliche Frau, Karen. Wenn Kurt stirbt, fallen dir also runde drei Millionen zu.«
»Mehr, mein Schatz. Ich bekomme den gesetzlichen Pflichtanteil, der einer armen, bedauernswerten Witwe zusteht. Und dann ist da ja auch noch sein Testament. Ich weiß natürlich nicht, was darin steht, aber es wäre denkbar, daß ich sein ganzes Vermögen erbe.«
»Und wieviel wäre das?«
»Nicht auszudenken«, sagte sie träumerisch. Dann hob sie den Kopf. Ihr Blick traf Harry wie ein grünsprühender Blitz. »Aber so, wie mir jetzt zumute ist, würde ich mich auch mit den drei

Millionen zufriedengeben.«
Dr. Harrison Brown überlief ein Frösteln. »Sagtest du nicht, die drei Millionen bekommst du erst nach Kurts Tod?«
»Eben, mein Schatz.« Das kam kaum hörbar.
Brown kam sich vor wie auf einem Pulverfaß. »Was soll das heißen?« würgte er hervor.
»Genau das, was du denkst«, schnurrte sie.
»Du meinst – du meinst, daß du dir seinen Tod wünschst?«
»Ja, Harry. Ich wünschte, er wäre tot. Was macht sein Herz?«
»Die alte Pumpe schafft's noch. Karen . . .«
»Ja, mein Schatz?«
»Karen, wenn du frei wärst – würdest du mich heiraten?«
»Ja. Ja. Lieber heute als morgen.«
Er schwieg; sie schwieg. Sie tranken; sie rauchten.
Karen ging ins Badezimmer. Er hörte die Dusche prasseln. Sie kam mit einem nassen Handtuch zurück, fuhr ihm behutsam über die feuchte Stirn und legte sich wieder aufs Bett. Es quietschte.
»Nun zu dir.«
»Zu mir? Was ist mit mir?«
»Du machst mit. Und du gehörst nicht dazu. Du tust mir leid.«
»Wobei mache ich mit?«
»Siehst du – du hast schon Angst, zuviel zu sagen. Sogar vor mir hast du Angst.«
»Wobei mache ich mit?«
»Ein Wort genügt . . .«
»Sag's.«
»Heroin.«
»Ja, ich mache mit. Tony auch?«
»Ich weiß es nicht.«
Er lächelte spöttisch. »Das soll ich dir abnehmen?«
»Ich weiß es wirklich nicht. Wenn Kurt ihn ins Gebet genommen hat, macht er mit. Ansonsten ist er wirklich nur Kurts Anwalt für diesen Im- und Exporthandel, den er als Aushängeschild benützt.«
»Was soll das heißen?«
»Das heißt, daß es für jemanden, den Kurt ins Gebet nimmt, nur zwei Möglichkeiten gibt. Entweder, er macht mit, oder er ist tot.«
Sie fuhr mit dem Handtuch übers Gesicht und hängte es sich dann um den Hals.
»Woher wußtest du, daß ich . . .« Harry ließ den Rest des Satzes

in der Luft hängen.
»Ich hab' Kurt gefragt.«
»Weshalb?«
»Wegen Lynne Maxwell.«
Der Name war wie eine eiskalte Dusche an einem kühlen Novembertag. Harry spürte, wie er eine Gänsehaut bekam.
»Als Tony diesem Lieutenant Galivan die Würmer aus der Nase gezogen hatte – ich meine, als Galivan bei uns aufkreuzte, um dein Alibi nachzuprüfen –, habe ich sofort die Handschrift meines geliebten Gemahls erkannt. Ich kannte nämlich Lynne Maxwell.«
»Du kanntest sie?« echote Harry engeistert.
»Ich gehöre noch immer zu Kurts Spezialisten, die seine zukünftigen Klienten unter die Lupe nehmen.« Karens Lächeln wirkte gequält. »Seit ich mich als Mrs. Kurt Gresham von der Park Avenue in erlauchten Kreisen bewege, ergatterte ich noch mehr brauchbare Tips als früher. Ich habe seinerzeit auch Lynne Maxwell durchleuchtet. Als Lynne tot in deiner Wohnung aufgefunden wurde, fiel bei mir der Groschen. Kurt hatte seinen Nachfolger für den alten Dr. Welliver gefunden. Ich kenne die Methoden meines Dicken. Ich hab' ihn gefragt, und da hat er mir die Geschichte ohne weiteres erzählt.«
»Und wenn ich abgelehnt hätte . . .«
»Harry, du bist wirklich naiv. Er hatte doch alle Karten vor dir auf den Tisch gelegt. Meinst du, er hätte es sich leisten können, dich mit diesem Wissen beladen zur Tür hinausspazieren zu lassen? Womit wohl hat Kurt seine Organisation so viele Jahre hindurch halten können? Aber bei dir brauchte er wohl ohnehin keine Angst zu haben . . .«
»Ich kann's immer noch nicht glauben«, sagte Harry. »Hört sich an wie eine Gruselgeschichte. Oder willst du mich auf den Arm nehmen?«
»Schön wär's ja.« Sie setzte sich auf, ging zu ihm hinüber und küßte ihn. Seine Lippen waren kalt. Sie setzte sich auf seinen Schoß, zog seinen Kopf zu sich hinunter.
»Von seiner Liquidationsabteilung hat er dir nichts erzählt, was? Vielleicht hättest du ihm auch nicht geglaubt. Es ist eine Gruppe von Spezialisten, die ständig in Bereitschaft stehen. Wenn Kurt dich für gefährlich hält, passieren dir die sonderbarsten Unfälle: Du rutschst in der Badewanne aus und brichst dir den Hals, oder

du bekommst gerade, wenn ein Zug in den Bahnhof donnert, an der Bahnsteigkante einen Schwindelanfall. Oder du wirst im Central Park mit eingeschlagenem Schädel aufgefunden, und deine Brieftasche ist verschwunden. Oder du wirst von einem Lastwagen überfahren. Oder du nimmst eine Überdosis Schlaftabletten und hinterläßt einen Abschiedsbrief, in dem du der staunenden Nachwelt verkündest, daß du bis über den Hals in Schulden steckst. Oder – ach, es gibt viele Arten, wie du zu Tode kommen kannst, ohne daß das häßliche Wort ›Mord‹ fällt. Kurts Liquidationsabteilung könnte dir da genaue Auskunft geben.«
Sie nahm sein Gesicht in beide Hände. »Küß mich.«
»Ich möchte aber mit dir noch besprechen . . .«
»Zum Reden haben wir die ganze Nacht Zeit. Harry, endlich sind wir uns ganz nah. Es ist . . . aufregend. Schrecklich aufregend, Harry, küß mich!«
Er gehorchte.

10

Als sie später nebeneinander im Dunkel lagen, sagte Harry leise: »Er hätte mich also umgebracht?«
»Du bist so süß, Harry. Bärenstark und gewalttätig, wenn's nötig ist – und dabei naiv wie ein Kind. Begreif doch, Schatz: Eine falsche Bewegung, ein falsches Wort, ja schon ein falscher Gedanke, und Kurts Spezialisten beseitigen dich diskret und unauffällig. Du bist Kurt Gresham für den Rest deines Lebens auf Gedeih und Verderb ausgeliefert.«
»Aber Dr. Welliver hat's doch geschafft – oder?«
»Das redet er sich nur ein. Die alten Tabus gelten noch. Wenn er das jetzt noch nicht bemerkt hat, wird ihm das Licht erst aufgehen, wenn's zu spät ist. Übrigens glaube ich, daß Dr. Welliver bei weitem nicht so klapprig ist, wie er tut. Ich habe den Eindruck, daß er es schon seit einiger Zeit darauf abgesehen hatte, sich aus der vordersten Linie zurückzuziehen.«
»Hatte er plötzlich die ganze Geschichte satt?«
»Gott segne dein unschuldiges Kindergemüt, mein Kleiner. Nein, der Gute hört es knistern im Gebälk, und er möchte raus, ehe die Wände um ihn zusammenkrachen. Und soll ich dir mal was sa-

gen, mein Schatz? Ich glaube, der alte Doktor hat verdammt gute Ohren. Und soll ich dir noch was sagen, mein Tarzan? Ich glaube, Kurt hat auch so eine Ahnung.«

»Was meinst du damit?«

Karen schwieg eine ganze Weile. Dann spürte er, wie sie die Schulter zuckte. »Wenn ich schon damit angefangen habe, kann ich ebensogut die Katze ganz aus dem Sack lassen. Weißt du, wohin Kurt an jedem Montag-, Mittwoch-, Freitag- und Sonntagabend verschwindet?«

»Woher, zum Teufel, soll ich das wissen? Von der inneren Organisation hat er mir nicht viel verraten. Ich weiß nicht einmal, was von dem, was er mir gesagt hat, überhaupt stimmt.«

Sie lachte. »An vier Abenden in der Woche geht er ins *Starhurst*.«

»Das *Starhurst*? Was ist das?«

»Ein ziemlich verstaubtes, aber stocksolides Hotel – Ecke 83. Straße und Columbus. Seit Jahren ist dort für Kurt ein Zimmer mit Bad fest gemietet. Im ersten Stock. Er geht zu Fuß. Zimmer 101.«

»Wozu braucht er das Zimmer?«

»Für seine Geschäfte. Er bleibt nie länger als unbedingt notwendig. Kurt gehört zu den Pünktlichkeitsfanatikern. Deshalb verlangt er absolute Pünktlichkeit auch von seinen Besuchern.«

»Wer besucht ihn denn?«

»Bitte, unterbrich mich nicht. Er betritt sein Zimmer im *Starhurst* fünf Minuten vor sieben. Um Punkt sieben trifft sein Besucher ein.«

»Ich habe gefragt, wer ihn da besucht.«

»Die Geschäftsführer seiner Nachtclubs in New York, Chikago, Philadelphia, Washington oder Miami. Immer abwechselnd. Nie mehr als ein Besucher pro Abend. Kurt kommt mit einer Aktentasche. Der Besucher kommt mit einer Aktentasche. Kurt geht zu Fuß in den ersten Stock. Der Geschäftsführer folgt fünf Minuten später – ebenfalls zu Fuß. Die Treppe ist gleich rechts vom Eingang, durch einen kurzen Gang zu erreichen. Die Rezeption und die Fahrstühle sind links in der Hotelhalle. Es ist also durchaus denkbar, daß niemand die beiden kommen sieht. Im übrigen wirken zwei gutgekleidete Geschäftsleute mit biederen Aktentaschen, die fünf Minuten nacheinander eintreffen, sowieso nicht besonders verdächtig.«

»Worauf willst du hinaus, Karen?«
Sie bewegte sich unruhig in der Dunkelheit. Ihre nackte Haut war feucht. »Bitte, gib mir eine Zigarette, Schatz.«
Harry tastete auf dem Nachttisch herum. Er gab ihr eine Zigarette, sah im Flackerlicht des Streichholzes, das er für sie angerissen hatte, daß eine steile Falte über ihrer Nasenwurzel stand. Sie machte nur ein paar hastige Züge, dann gab sie ihm die Zigarette zurück. Er drückte sie im Aschenbecher aus.
»In Kurts Aktentasche steckt eine neue Lieferung Rauschgift für den Geschäftsführer, fertig in Portionen abgepackt«, fuhr Karen in einem eintönigen Singsang fort. »In der Aktentasche des Geschäftsführers steckt das Geld, das seit seinem letzten Besuch aus dem Rauschgifthandel im Club eingenommen wurde. Der Inhalt der Aktentasche wird ausgetauscht, die Zahlen werden verglichen, es wird über einige Erfahrungen gesprochen, und der Geschäftsführer entschwindet. Fünf Minuten später schließt Kurt sein Zimmer ab und verschwindet ebenfalls. Das ist alles.«
Harry drehte sich in der schwülen Dunkelheit unruhig auf die andere Seite. Sie legte ihm sanft die Hand auf die Schulter.
»Vor sechs Monaten geschah etwas, das bisher in der Geschichte des Syndikats einmalig war. Einer der Geschäftsführer in Washington, ein ruhiger kleiner Mann mittleren Alters namens Carona, der aussieht wie ein Buchhalter, erschien nicht zu seiner Verabredung.«
»Der hat sich wohl mit dem Geld aus dem Staub gemacht?«
»Das hat noch niemand gewagt, den Kurt auf einen Managerposten gesetzt hat. Nein: Carona wurde auf dem John-F.-Kennedy-Flughafen in New York von zwei Kriminalbeamten verhaftet.«
»Samt seiner dollarschweren Aktentasche?«
»Die Geschäftsführer tragen das Geld auf der Reise nie bei sich. Ich kenne die Routine nicht genau. Vermutlich schicken sie es irgendwie voraus und nehmen es dann am Flughafen in Empfang. Aber das Dumme war – so sah es jedenfalls Kurt –, daß sie Carona wegen eines zwanzig Jahre zurückliegenden Deliktes hopsgenommen haben.«
»Was hatte er denn verbrochen?«
»Raubmord. Bei einem Überfall auf eine Spirituosenhandlung vor zwanzig Jahren wurde ein Polizist getötet. An dem Überfall waren zwei Männer beteiligt. Den einen hat der Polizist erschossen.

Der andere Verbrecher hat den Polizisten umgelegt und konnte fliehen. Das war Carona.«

»Und mit diesem Vorleben hat Kurt ihn in seine Organisation aufgenommen?« fragte Harry ungläubig.

»Caronas Name erschien nie im Zusammenhang mit dem Mord oder dem Überfall. Der Mörder war und blieb ganz einfach unbekannt. Es gab keine Zeugen. Der Polizist und der Mittäter starben an Ort und Stelle.«

»Weshalb hat ihn dann die New Yorker Polizei nach zwanzig Jahren herausgepickt?«

»Tja, das fragt sich eben. Seinem Anwalt hat Carona gesagt, er habe die Geschichte außer Kurt nie jemandem erzählt. Der Anwalt hat nur in Erfahrung bringen können, daß die Polizei ganz plötzlich einen Tip bekam. Die einzig mögliche Quelle ist Caronas Frau. Angeblich weiß sie nichts von seinem Vorleben, aber es kann sein, daß er uns angeschwindelt hat. Carona ist in letzter Zeit mit einer üppigen Blondine herumgezogen, und seine Frau hat Wind davon bekommen. Was aber Kurt besonders wurmt: Der Staatsanwalt hat eine Anklage durchdrücken können. Und Carona wird nicht gegen Kaution freigelassen. Irgend etwas steckt hinter diesen Machenschaften. Hörst du's jetzt auch knistern?«

»Wer ist Caronas Anwalt?« fragte Harry. »Tony?«

»Natürlich nicht. Einer von Kurts Marionetten. Sehr begabter Bursche. Bobby Trenton heißt er.«

Es gab ihm einen Ruck. »Meinst du etwa Robert Cope Trenton, den früheren Richter?«

»Genau den, mein Schatz.«

»Das ist doch nicht möglich. Richter Trenton schreibt gelehrte Bücher über Verfassungsrecht. Er ist international bekannt.«

»Ich hab' dir ja gesagt, daß Kurt nur Spitzenkräfte nimmt. Frag mich nicht, wie er Trenton eingefangen hat – wahrscheinlich hat er ihn erpreßt. Bobby sagt jedenfalls, daß sie Carona niemals verurteilen können. Er garantiert einen Freispruch. Warum aber haben sie Carona überhaupt geschnappt? Warum haben sie den Anklagebeschluß gedeichselt? Kurt fürchtet, daß irgendwo etwas durchgesickert ist – vielleicht in Europa, vielleicht in Asien. Deshalb schnappten sie sich Carona. Bobby Trenton hat ihm gesagt, daß er sich keine Sorgen zu machen braucht, daß die Polizei durch diese faulen Tricks nur versucht, Informationen über das Syndikat aus ihm herauszuholen. Es ist ihm eingehämmert worden, daß er bestimmt freikommt und eine dicke Entschädigung auf ihn wartet, wenn er den Mund hält. Aber in Wirklichkeit ist er ein toter Mann.«

»Das verstehe ich nicht.«

»Kurt läßt seine besten Leute feststellen, wo der morsche Balken steckt. Er selber wird im September nach Europa fahren, um zu retten, was noch zu retten ist. Aber Carona ist im Augenblick – wie sagt man so schön – ein Sicherheitsrisiko. Während Trenton ihn noch beschwichtigt, bereitet Kurt seine Beseitigung vor. Es dauert seine Zeit, einen Mord im Gefängnis zu organisieren. Es muß ja wie ein Unfall aussehen und darf nicht auf Kurt zurückfallen. Die notwendigen Schritte sind schon eingeleitet; aber, wie gesagt, es dauert seine Zeit.«

»Mein Gott«, sagte Harry aus Herzensgrund. Er war klitschnaß am ganzen Körper.

»Ja, das ist der tiefere Sinn meiner Geschichte, Schatz. Du bist im ungünstigsten Augenblick zu uns gestoßen. Wenn es hart auf hart geht, wirst du es nicht durchstehen können. Ich kenne dich, Harry, du bist nicht robust genug. Wenn Carona redet, bevor er beseitigt werden kann, platzt die ganze Organisation, und im Handumdrehen singst du wie ein Kanarienvogel. Kurt hat mit dir entschieden einen falschen Griff getan. Er weiß es bloß noch nicht. Hoffen wir, daß es ihm nie aufgeht.«

»Vielleicht bin ich doch kein solcher Waschlappen, wie du denkst . . .«

»Nicht böse sein, Liebling«, sagte sie leise. »Du hast alle Kraft, die eine Frau sich wünschen kann. Aber nicht die Kraft, in einer solchen Organisation zu bestehen. Dafür bist du einfach zu anständig. Sag mal – wie bist du eigentlich da hineingeraten?«

»Ich leide an der gleichen Krankheit wie du«, sagte Harry in bitterer Hoffnungslosigkeit.

»Geld?«

»Ja – Geld, immer nur Geld. Mein ganzes Leben hängt daran . . .«

Sie warf die Arme um ihn. »Warum mußte ich dich nur kennenlernen? Alles ging so glatt. Ich dachte an das Geld, das mich erwartete, und freute mich meines Lebens. Und jetzt, verdammt noch mal, kann ich nur noch an dich denken. Ich liebe dich! Ich hab' dich einfach zu spät kennengelernt.«

»Machen wir uns nichts vor, Karen. Einen kleinen praktischen Arzt, einen Anfänger mit einem Packen Schulden, hättest du auf Armeslänge von dir gehalten. Und ich wiederum hätte mich kaum näher mit einer Strip-tease-Mieze eingelassen, die von ihren diversen Verehrern lebte. Wir sind krank. Verseucht.«
»Sei still«, flüsterte Karen.
Ihre Körper, feucht vor Furcht und Erregung, klammerten sich in der Dunkelheit aneinander.
»Und wenn er stirbt?« fragte Harry wild.
»Carona? Dann wird man das Gebälk ausflicken, und alles geht weiter wie gehabt.«
»Ich rede nicht von Carona.«
Sie preßte sich an ihn. Ihre Handflächen glitten auf seinem Körper entlang, ihre Fingernägel krallten sich in seine feuchte Haut. »Wenn er's doch nur wäre. Tot! Du wärst frei, und ich auch. Ich würde dich sofort heiraten. Wir könnten unsere Geldkrankheit gemeinsam ertragen. Mit drei Millionen Dollar als Pflaster. Vielleicht sogar noch mehr. Wir wären frei, Harry. Er ist alt und verbraucht, er pfeift auf dem letzten Loch. Wir sind jung. Für uns fängt doch alles erst an, Harry ...« Ihr Flüstern war heiß und drängend. Ihre Hände wanderten verlangend über seinen Körper. »Wir hätten das Geld, Harry. Und uns! Wir brauchten uns nicht mehr in so einem lausigen Motel zu verkriechen.«
Doch dann nahm sie ihre Hände fort. Sie seufzte und drehte sich von ihm weg.
Auch er drehte sich auf die andere Seite. Bis zum Morgen, bis die Sonne hell ins Zimmer schien, sprachen sie kein Wort mehr. Aber dort in der Nacht, als er mit trockenem Mund und hämmerndem Herzen neben ihr lag, ihre feuchte Haut spürte und darauf wartete, daß endlich der Schlaf käme, sah Harry deutlich den Weg vor sich, auf den er unaufhaltsam getrieben wurde.

11

Tagelang kämpfte er gegen den Gedanken an, doch der war wie Unkraut. Kaum hatte er es an der einen Stelle ausgerissen, steckte es schon an einer anderen Stelle wieder die grünen Spitzen hervor. Der Gedanke verfolgte ihn bis in die spärlich besuchte Praxis. Er bedrängte ihn im Schlaf, verleidete ihm Essen und Trinken und sogar die Liebe. Wenn er mit Karen zusammentraf, war er gereizt und ratlos. Daß sie so viel Geduld und Verständnis für ihn aufbrachte, machte sein Versagen nur noch schlimmer. Er nahm ab. Harte Linien gruben sich um seine Mundwinkel. Seine Augen bekamen einen fiebrigen Glanz, der ihm sein eigenes Spiegelbild verleidete. Ich sehe aus wie ein Wahnsinniger, dachte er, und es ist ja auch Wahnsinn. Kein normaler Mensch denkt im Ernst an einen Mord. Wie, zum Teufel, war er eigentlich in diesen Schlamassel hineingeraten? Er, Dr. med. Harrison Brown, hatte sich mit einem Verbrechersyndikat eingelassen und hegte Mordgedanken, um wieder herauszukommen ...

Lächerlich, dachte er. Das ist ja alles gar nicht wahr. Ich muß diese Phantastereien abschütteln, wieder festen Boden unter den Füßen gewinnen.

Der Anruf brachte die Entscheidung.

Er kam an einem brütendheißen Montag – mittags um ein Uhr. Kurt Greshams gezierte Stimme piepste durch die Leitung: »Harry? Wie geht's uns denn, mein Junge?«

»Danke, gut«, sagte Harry.

»Kannst du heute in meinem Büro vorbeikommen, Harry?«

»Um welche Zeit?« Wenn er nur diese Stimme hörte, drehte sich ihm schon der Magen um.

»Würde es dir um halb drei passen?«

»Ja.«

»Vielen Dank, Harry.« Das Klicken in der Leitung hörte sich an wie ein herunterrasselndes Fallbeil.

Um halb drei wurde Dr. Brown vor den Allerhöchsten geführt. Der Allerhöchste war mit einem eisblauen Anzug bekleidet und trug eine blendendweiße Krawatte dazu. Das runde rosa Gesicht legte sich in Lachfältchen.

»Pünktlich auf den Glockenschlag, mein lieber Harry. Das freut mich. Wie geht's dir?«

»Danke, gut. Mich würde aber interessieren, wie es Ihnen geht.«

»Jetzt willst du mich herunterputzen, weil ich zwei Untersuchungen geschwänzt habe, was?«

»Sie müßten doch selber einsehen, wie unvernünftig Sie sich verhalten.«

»Ich weiß, ich weiß«, seufzte Kurt. »Aber die Geschäfte lassen einen nicht los. Hier gibt's etwas zu regeln, dort brennt's – alles Kleinigkeiten. Aber eins kommt zum anderen. Ich kann in diesem Sommer nicht einmal zur Stadt hinaus. Aber im September machen wir dafür eine schöne lange Reise.« Er strahlte Harry gewinnend an.

»Ja, wirklich?« sagte Harry ein wenig verblüfft. Karen hatte nicht gesagt, daß sie Kurt begleiten würde. Er lehnte sich im Sessel zurück. Im Büro war es herrlich kühl. Die Aussicht vom 55. Stockwerk war atemberaubend schön.

»Harry . . .«

»Verzeihung – ich hatte nicht zugehört.«

»Du hast eine Schwäche für schöne Dinge, nicht wahr?«

»Ja.«

»Es gibt so viel Schönes auf der Welt. Leider hat das Schöne seinen Preis.«

»Stimmt.« Worauf wollte der Alte hinaus?

Gresham hob den Deckel seiner Zigarrenkiste.

»Eine Zigarre?«

»Nein, danke.«

Die roten Lippen schlossen sich um die schlanke Zigarre, während die rosa Hände ein Feuerzeug an ihre Spitze hielten. Gresham paffte langsam und lächelnd. Dann nahm er die Zigarre aus dem Mund, hielt sie zwischen Daumen und Zeigefinger.

»Hast du einen Paß, Harry?«

»Nein.«

»Dann werden wir dir einen besorgen.«

Harry zwinkerte. »Einen Paß? Wozu?«

Gresham zog an seiner Zigarre, hielt den kleinen Finger dabei zierlich gespreizt wie eine alte Jungfer, die ihre Teetasse zum Munde führt. Schließlich sagte er: »Für unsere Ferienreise.«

Harry stieg ein Lachen in der Kehle auf. »Wollen Sie damit sagen, daß ich Sie begleiten soll?«

Die runden Augen verschwanden beinahe in den Falten des Wohlwollens. »Am 1. September starte ich zu einer Reise nach Europa und in den Fernen Osten. Ich werde sechs Wochen, möglicherweise sogar bis zu zwei Monate unterwegs sein. Ich habe ein schwaches Herz. Natürlich lege ich Wert darauf, meinen Hausarzt bei mir zu haben. Ich zahle dir ein großzügiges Honorar. Als mein Gast werden dir darüber hinaus natürlich alle Auslagen erstattet. Na, klingt das nicht gut, Harry?«

»Und meine einzige Aufgabe besteht darin, auf Sie aufzupassen?«
Gresham lachte leise. »Kann sein, daß ich hier und da noch einen kleinen Auftrag für dich habe, aber das wollen wir erst mal abwarten.«
Hat er mich jetzt in sein Exekutionskommando befördert? dachte Harry. Wie eine Spinne hat er sorgsam sein Netz geknüpft, bis sein Opfer hilflos in den klebrigen Fäden zappelt und nicht mehr davonkommt. Jetzt ist er meiner sicher. Ich gehöre zu seinen Leuten.
Schierer Trotz trieb Harry zu den Worten: »Leider wird das nicht gehen, Kurt.«
»Ich bin nicht zu Scherzen aufgelegt, Harry.« Das rosafarbene Gesicht wurde um eine Schattierung rötlicher, in die Zuckersüße des Tons mischte sich ein Essigtropfen.
»Ich bin Arzt, Kurt. Ich kann meine Patienten nicht im Stich lassen.«
Die Zigarre wurde achtlos in einen Aschenbecher geworfen. »Du bist ein schwieriger junger Mann.«
»Das finde ich nicht«, sagte Harry unschuldig. Dabei fragte er sich, seltsam unbeteiligt, worauf er sich da eigentlich einließ. Warum reizte er Gresham? Er wußte, daß er nicht gewinnen konnte.
»Du kannst mir sehr wertvoll sein, Harry. Und ich dir auch. Ich habe allerhand mit dir vor.« Der große Mann versuchte es also immer noch mit der weichen Welle. »Wir wollen unsere Zeit nicht mit leerem Gerede verschwenden. Ich könnte dein Vater sein ...«
»Und meine Patienten, Papi?«
Das war zuviel. Greshams Ohren färbten sich feuerrot, während das Gesicht aschgrau wurde. In die farblosen Augen trat ein kalter Glanz. »Ich gebe dir früh genug Bescheid, Harry. Vertretungen lassen sich unter Ärzten sicherlich bewerkstelligen. Du mußt dich eben umsehen ...«
»Und wenn ich nicht will?« Das ist ja Selbstmord, dachte Harry. Er hatte das fast überwältigende Verlangen, aufzustehen, den Stuhl mit dem runden, ach so harmlos aussehenden Mann umzukippen, die rosa Grimasse mit seinem Absatz auszulöschen.
»Harry!« Die sonst so gezierte Stimme war jetzt kehlig vor Wut. Die grauen Hängebacken zitterten, der weibische kleine Mund

zuckte. »Laß diese Kindereien, verstanden? Es wird Zeit, daß du die Scheuklappen abnimmst.«
Karen hatte also recht. »Das hört sich an, als ob ich gar nicht ablehnen könnte.«
»Das kannst du auch nicht.«
Harry suchte gelassen seine Zigaretten hervor und zündete sich mit großer Umständlichkeit eine an. »Na gut, Papi. Dann klär Söhnchen mal auf.«
»Das werde ich auch, Harry. Ich habe dich angeworben. Dein Vertrag lautet auf Lebenszeit. Auf meine Lebenszeit, Harry. Wenn du desertierst, wirst du kaltgemacht. Wenn du ein paar Worte zuviel verlauten läßt, stehst du, ehe du dich versiehst, an der Wand und rauchst deine letzte Zigarette. Wenn du aber ein braver kleiner Landser bist und alle Befehle stramm ausführst, sollst du auch einen schönen Orden haben . . .«
»Können Sie das aus Ihrer blumigen Poesie in nüchterne Prosa übersetzen?«
»Wenn du durchaus willst: Ich brauche dich. Ich habe dich bekommen. Ich bezahle dich. Aber während du reich wirst, solltest du eins nicht vergessen: Du kommst nicht mehr los! Nun, ist das deutlich genug, Harry?«
Harry schwieg einen Augenblick. Dann sagte er langsam: »Vermutlich bleibt mir dann nur noch eine Frage: Wie reich?«
Die Ohren gewannen ihren normalen, perlmuttrosa Ton zurück, Röte belebte das aschige Gesicht wieder, die Augen wurden rund und harmlos. »Na also, Harry! Warum nicht gleich so? Du hast mir wirklich einen Schrecken eingejagt. Weißt du, ich mag dich gern. Vielleicht, weil du nicht kuschst wie alle anderen, sondern dich auf die Hinterbeine stellst und dem Alten Bescheid gibst. Tja, ich möchte sagen, daß du in diesem ersten Jahr so etwa fünfzigtausend Dollar verdienen wirst . . .« Er zündete sich eine zweite Zigarre an.
»Und wie, mein lieber Papi?«
»Für die Reise bekommst du ein Sonderhonorar von fünfundzwanzigtausend Dollar. Im nächsten Jahr kannst du es dann schon auf hunderttausend Dollar bringen. Und die Einnahmen werden ständig steigen. Wenn ich mich nicht sehr irre, hast du das Zeug, in meinen Aufsichtsrat einzusteigen, und zwar in Rekordzeit. Wie wäre das, mein Junge?«
»Nicht schlecht.«

»Siehst du. Dann hab' ich noch was Gutes für dich, mein Kleiner«, strahlte Gresham. »Als Mitglied meines Aufsichtsrates wirst du automatisch in meinem Testament bedacht.«
»Testament?« echote Harry mit echter Überraschung in der Stimme.
»Da bist du verblüfft, was? Bei der Art meines Unternehmens ist es nicht gut möglich, eine offizielle Altersversorgung einzugehen.« Ein fettes Lachen kam hinter der Rauchwolke hervor. »Für meine Getreuen habe ich deshalb auf andere Art Vorsorge getroffen. Meine neun Aufsichtsratsmitglieder – du wärst der zehnte – bekommen nach meinem Tod jeder eine halbe Million Dollar. Weißt du, wieviel ich wert bin, Harry?«
»Keine Ahnung.«
»Offen gesagt, hab' ich auch nicht. Knapp gerechnet werden es hundert Millionen sein. Es kommt natürlich auf den Aktienmarkt an. Jedenfalls ist das Kapital bombensicher angelegt.«
»Ich – ich weiß nicht, was ich sagen soll, Kurt.«
Gresham strahlte ihn unerschütterlich an.
Du Lügner, dachte Harry. Du gewissenloser, größenwahnsinniger Lügner. So bereitest du mich also auf einen dreckigen Job vor. Vermutlich läuft es auf einen Mord hinaus. Und ich Esel trabe brav der Rübe nach, die du vor meiner Nase baumeln läßt.
»Wir verstehen uns also, Harry?« fragte Gresham zuckersüß.
»Ja, wir verstehen uns.«
»Du bleibst mein Leibarzt?«
»Ich bleibe Ihr Leibarzt.«
»Durch dick und dünn?«
»Durch dick und dünn.«
»Und du begleitest mich auf meiner Reise?«
»Ja.«
»Dein Honorar wird dir vor der Abreise voll ausgezahlt. Brauchst du im Augenblick etwas?«
»Nein.«
»Tja, das wär's dann für heute, mein Junge. Ich hab' da so einige Problemchen – aber darüber können wir auf der Reise noch plaudern. Unser heutiges Gespräch hat mir Spaß gemacht. Du bist ein harter Bursche, hast mich gezwungen, die Karten auf den Tisch zu legen. Du bist ein Gewinn für die Firma Gresham & Co.« Der Dicke wuchtete sich aus seinem Sessel hoch und kam um den Schreibtisch herum. Auch Harry stand auf. »Vielen Dank für dei-

nen Besuch«, sagte Gresham. Er legte einen Arm um Harrys Schulter und brachte ihn bis zur Tür. »Herzliche Grüße von Karen«, sagte er im gleichen freundlichen Ton.
»Danke.« Harry zuckte unwillkürlich zusammen. Wenn Kurt Gresham es bemerkt hatte, verstand er es jedenfalls sehr gut, das zu verbergen.
»Du bist in letzter Zeit häufig mit Karen zusamen?«
»Sie ist eine großartige Frau«, erklärte Harry benommen.
»Nimm dich vor Tony in acht.«
»Wie – wie bitte?« stotterte Harry.
»Vor Tony Mitchell.«
»Ach so . . .«
»Eifersucht ist eine unerfreuliche Eigenschaft, Harry. Sie setzt sich über die Konventionen hinweg. Diskretion ist alles, mein Junge. Diskretion und ein bißchen Achtung vor der öffentlichen Meinung. Und natürlich auch vor dem Ehemann. Verstanden?« Gresham lachte.
Harry stimmte wohl oder übel mit ein.
Der massige Arm um Harrys Schulter verstärkte plötzlich den Druck. Sekundenlang kam Harry sich vor wie in der Umarmung eines Grislybären. Er erschrak.
Doch dann ließ Kurt Gresham ihn los und schob ihn zur Tür hinaus.

12

An einem Dienstagnachmittag um fünf erschien Dr. Alfred McGee Stone in Dr. Browns Praxis.
»Meine Frau macht Einkäufe«, sagte Dr. Stone. »Ich wollte fragen, ob Sie Zeit hätten, mit uns zu essen?«
»Gern, Doktor«, sagte Brown, ehrlich erfreut.
»Um acht?«
»Einverstanden.«
»Meine Frau ist übrigens immer auf der Jagd nach Spezialitätenrestaurants. Wenn Sie was Nettes kennen . . .«
»Wie wär's mit *Giobbe*? Das ist ein entzückendes italienisches Lokal im Greenwich Village . . .«
Mrs. Stone war eine nette, mütterliche Frau mit hellen, flinken

Augen. Sie brach bei jedem Gang von Giobbes Menü in Entzückensschreie aus.
»Alfred hat mich ja nur mitgenommen, damit er einen Vorwand hat«, sagte sie zu Harry. »Normalerweise müßte eine Frau das übelnehmen. Aber das Essen ist so himmlisch, daß . . .«
»Bernice . . .« Dr. Stone hob ziemlich verlegen seine Serviette an den Mund. Dann lachte er. »Recht hat sie ja, Doktor. Haben Sie sich meinen Vorschlag schon überlegt?«
»Ja, natürlich«, sagte Harry höflich.
»Und Sie haben sich noch zu keinem Entschluß durchringen können, was?«
»Nein.«
»Na, es hat ja noch Zeit. Wenn's soweit ist, rufen Sie mich an, nicht wahr?«
»Selbstverständlich, Doktor.«
Dr. Stone kam auf die Taugus-Klinik zu sprechen. »Ich gebe zu, daß aus Ihrer Sicht die Einkommensfrage ein Handikap ist. Ich glaube zu wissen, daß Sie ein ehrgeiziger junger Mann sind. Ich will hier keine Kalendersprüche loslassen, Doktor – aber Geld und Glück fangen nur im Alphabet mit dem gleichen Buchstaben an.«
»Glück?« Harry starrte in die dunkle Tiefe seines Chianti-Glases. »Kennen Sie einen Menschen, der glücklich ist?«
»Viele. Sie nicht?«
»Er ist noch zu jung für wirkliches Glück«, meinte Bernice Stone.
»Peter Gross ist glücklich«, sagte Dr. Alfred Stone. »Lewis Blanchette ist glücklich. Ich liebe meine Frau und meine Kinder und meine Enkel. Ich liebe meine Arbeit. Ich bin kein Krösus, aber ich habe genug, um meiner Familie ein anständiges Leben zu bieten, und es bleibt noch etwas für Schallplatten und Bücher, für Golf und gelegentliche Abendessen, bei denen sich meine Frau nach Herzenslust den Magen verderben kann. Was kann ein Mensch sich mehr wünschen?«
Harry schwieg.
»Sind Sie nicht glücklich, Dr. Brown?« fragte die kleine Frau.
»Ich glaube nicht, Mrs. Stone.«
»Kommen Sie zu uns«, sagte Dr. Stone. »Sie sind nur nicht glücklich, weil Sie innerlich unzufrieden sind. Stimmt's?«
»Ich glaube schon, Dr. Stone.« Harry kam sich vor wie ein kleiner dummer Junge.

»Darf ich Sie mal wieder anrufen?« fragte der Direktor der Taugus-Klinik lächelnd.
»Natürlich, Doktor«, antwortete Harry.

Sein Weg lag jetzt klar vor ihm. Er kämpfte nicht mehr dagegen an. Die Unwirklichkeit des Planes hatte sich verloren. Er trat zum Kampf gegen einen mit allen Wassern gewaschenen Feind an, der die Vorteile auf seiner Seite hatte. Bis auf einen, dachte Dr. Harrison Brown. Kurt Gresham weiß nicht, daß ich gegen ihn bin. Was bleibt mir anderes übrig? Auf Lebenszeit ... das hat er mir selber gesagt. Ich kann nicht heraus. Wenn er nicht stirbt, sterbe ich. Der Gedanke, daß er, Dr. Harrison Brown, zum Mörder werden könnte, kam ihm nicht mehr so wahnsinnig vor. Er konnte wieder ohne Erschrecken sein Spiegelbild ansehen. Und wenn er sich seine Pläne zurechtlegte, rührte sich sein Gewissen so gut wie gar nicht.
Der Schlaf, die Arbeit, die Liebe – alles gelang ihm wieder besser. Mit Karen sprach er nicht über seine Pläne. Sie wußte ohnehin Bescheid. Vielleicht hatte sie ihm gar nicht absichtlich so ausführlich über das komplizierte Ritual im *Starhurst*-Hotel erzählt.
Aber auch ohne Worte wußte sie, was er vorhatte.
Als Kurt Greshams Arzt wäre es ihm ein leichtes gewesen, ihn zu ermorden. Aber gerade darin lag auch die Gefahr. Und er war nicht nur Greshams Arzt, sondern auch der Geliebte der Frau des Patienten ... Der Preis war die Frau, waren die Millionen, war der Traum seines Lebens: Reichtum. Niemand durfte Greshams Tod mit Dr. Harrison Brown in Zusammenhang bringen.
Es mußte also ein nackter, roher, scheinbar leicht durchschaubarer Mord sein. Eine Tat, die man so wenig Dr. Harrison Brown zutraute wie einen Überfall in einem finsteren Chikagoer Slum. Von einem Arzt erwartete man zwangsläufig, daß er sich einer seinem Beruf gemäßen Waffe bediente – Gift, einer Injektion, eines pharmakologischen Tricks. Es mußte also ein Tod aus dem Hinterhalt sein. Mit Gangstermitteln.
Da tauchte schon das erste Hindernis auf.
Die gegebene Waffe war natürlich ein Revolver – aber er besaß keinen. Kaufen konnte er ihn nicht – damit hätte er sich die Spürhunde schon auf die Fährte gesetzt. Wie stellte man es an, sich unterderhand, ohne Waffenschein, einen Revolver zu besorgen? Es mußte eine Waffe sein, deren Herkunft man nicht nach-

weisen konnte. Die Waffe eines Profi-Killers, die man neben der Leiche finden mußte, damit jeder an einen Profi-Mord glaubte. Wo bekam ein aufstrebender Modearzt mit einer Praxis am Central Park eine solche Waffe her?

13

An einem schwülen Freitag abend rief Tony Mitchell an. »Wollen wir zwei übers Wochenende mal auf die Pauke hauen, Harry? Wir könnten mit dem Boot nach Montauk schippern. Die Greshams sind weggefahren.«
»Ich weiß«, sagte Harry Brown. »Sie sind nach Maine geflogen. In ein Hotel, wo du für einen Tag mehrere Hundertdollarscheine auf den Tisch blättern mußt.«
»Doktor Allwissend, was?«
»Natürlich. Überrascht dich das?«
»Ich hol' dich morgen früh ab, ja?«
»Wie früh?«
»Um sechs.«
»Das ist ja noch vor dem Aufstehen. Aber meinetwegen. Bis dann, Tony.«
Tony Mitchells Boot war eine Hochseejacht, ein geräumiger, schnittiger Kasten. Sie fischten und schwammen vor der Küste von Montauk, aßen und tranken an Bord. Am Abend legten sie am hoteleigenen Bootssteg an und zogen in ein Zweizimmerapartment. Sie schliefen eine Stunde, zogen sich um, aßen auf der Hotelterrasse und flirteten mit zwei braungebrannten Schönen in weiten, schwingenden Kleidern. Zu viert zogen sie in einen Nachtclub, tanzten und tranken. Tony erzählte Witze, die Braungebrannten lachten, dann tanzten und tranken sie weiter. Zu vorgerückter Stunde schnappte sich Tony sein Mädchen und verschwand mit ihr. Harry brachte sein Mädchen zum Hotel zurück, gab ihr einen gesitteten Gute-Nacht-Kuß, ging auf sein Zimmer, duschte sich und kroch ins Bett. Als er am nächsten Morgen mit dröhnendem Schädel aufstand, stellte er fest, daß Tonys Bett unberührt war. Er brummte etwas vor sich hin und legte sich wieder schlafen.
Am Nachmittag meinte Tony: »Heute verzichten wir mal auf das

Boot und machen das Hotel unsicher. Schwimmen, den Bikini-Mädchen schöne Augen machen – das ist nicht zu anstrengend. Im Juli ist es einfach zu heiß zum Fischen. Einverstanden?«

»Einverstanden.«

»Soll ich dir mal was sagen? Die Greshams fehlen mir. Dieser alte Giftzwerg fasziniert mich irgendwie. Und Karen ist einfach atemberaubend.«

»Ja.«

»Ach, wir markieren wieder den Einsilbigen, was? Verkatert?«

»Ja.«

»Komm mit zum Swimming-pool.«

Unten am Becken sagte Tony: »Wie kommt es eigentlich, daß du sofort nußbraun wirst? Ich sehe immer erst ein paar Tage wie ein gekochter Krebs aus.«

»Ich hab' eben eine dickere Haut. Sag mal, Tony, wie stellt man es eigentlich an, jemanden zu ermorden?«

»Was?«

»Wie stellt man es eigentlich an, jemanden zu ermorden?«

»Du bist nicht verkatert, Harry, du bist noch besoffen! Da muß erst mal eine feste Unterlage her. Komm essen.«

Am Tisch unter dem bunten Sonnenschirm ließ Tony seine Augen ungeniert spazierengehen. »Sieh mal, die Große in dem weißen Badeanzug am Sprungbrett. Du, die angle ich mir.«

»Wie stellt man es an, jemanden zu ermorden?«

Tony starrte ihn an. »Was hat dich denn heute gebissen?«

»Ich hab' schon gestern abend darüber nachgedacht.« Harry lächelte. »Im Restaurant. Und dann nachher in diesem Nachtclub, als ich mir die vielen Leute ansah. Wie viele von ihnen mögen wohl Lust haben, einen Mitmenschen um die Ecke zu bringen? Ihre Frau, ihren Mann – irgend jemanden. Hast du schon mal Lust gehabt, jemanden umzubringen, Tony?«

»Klar. Zum Beispiel im Augenblick dich.«

»Nein, mal angenommen, du hättest . . .«

»Hättest was?«

»Lust, mich umzubringen. Wie würdest du das anstellen?«

»Das sind ja reizende Gedanken, die Sie da gestern abend in Ihrem Hirnkasten gewälzt haben, verehrter Doktor.«

»Na ja, ganz nüchtern war ich nicht mehr, als ich ins Hotel zurückkam«, sagte Harry.

»Das glaub' ich dir aufs Wort. Wann warst du denn zurück?«

»Früh.«
»Aha. Und wo bist du gelandet? In unserm Zimmer oder bei der niedlichen Blonden?«
»In unserm Zimmer.«
»Wie war sie denn?«
»Weiß nicht. Ich hab' sie abgeliefert und mich in die Federn verkrochen. Los, Tony, es interessiert mich wirklich: Wie würdest du es anstellen?«
»Was, zum Teufel?«
»Mich umzubringen. Würdest du mich erschießen?«
»Schluß«, stöhnte der Anwalt. »Du bist ja noch immer benebelt. Dagegen sollte man was tun. Hör mal, was hattest du denn gegen die kleine Blonde? Fühlst du dich nicht wohl? Komm, Doktor, bleib schön brav sitzen und warte auf deine Medizin; ich werde dir inzwischen zeigen, wie man sich ein Mädchen angelt.«
»Wo bekämst du zum Beispiel das Schießeisen her?«
»Was für ein Schießeisen?«
»Um mich umzulegen. Du brauchtest dazu doch sicherlich eine Waffe, deren Herkunft sich nicht feststellen läßt. Wo bekommt ein reputierlicher Anwalt so ein Ding her?«
»Weshalb sollte ich dich denn umlegen wollen?«
»Ist doch egal. Vielleicht kannst du mich nicht leiden.«
»Nee, mein Freund – ich würde mich hüten, dich ins Jenseits zu befördern.«
»Unter allen Umständen?«
Tonys dunkle Augen wurden kalt. »Unter allen Umständen, mein Junge. Das Risiko lohnt sich nicht, jedenfalls nicht, wenn man noch seine fünf Sinne beisammen hat. Verschone mich mit deinen Alkohol-Phantasien. Ich finde solche Gespräche nicht besonders witzig.«
Harry lachte. »Der Herr Strafverteidiger weigert sich, ein Berufsgeheimnis preiszugeben.«
»Was für ein Berufsgeheimnis?«
»Wo man ein Schießeisen herbekommt.«
»Ich würde mir kein Schießeisen besorgen«, fauchte Tony. Dann lachte er auch. »Mein Sohn, wir werden dich gleich ernüchtern. Ober!«
Ein Kellner kam heran. »Ja, Sir?«
»Eine Bloody Mary für meinen Freund. Er hat's nötig.«
»Jawohl, Sir.« Der Kellner schritt grinsend davon.

14

Karen fehlte ihm. Als er am Montag anrief, erfuhr er, daß die Greshams erst am Mittwoch wieder in New York erwartet wurden. Mittwoch war sie am Telefon ziemlich kurz angebunden. Sie könne ihn erst am Sonnabend sehen, sagte sie.

Am Sonnabend rief sie ihn an. Und am Abend, als die feuchte Schwüle schwer in den Häuserschluchten hing, kam sie in seine Wohnung. Trotz des Wochenendes in Maine war sie blaß. Sie trug ein schwarzes Kleid und schwarze Schuhe. Es war, als habe sie bewußt auf alle Farbtupfer verzichtet. Sie küßte ihn nicht zur Begrüßung.

»War's nett in Maine?« fragte Harry.

»Ach, weißt du, wir haben uns mal richtig ausgefaulenzt. Wie geht's dir denn?«

»Danke gut.«

Unter ihren großen grünen Augen waren tiefe Schatten. »Ich brauche einen Drink, Schatz.«

»Wodka?«

»Gin und Tonic.«

Er ging in die Küche. Als er mit den beiden Drinks in der Hand eintrat, rauchte sie. Sie nahm ihm ein Glas ab und sagte ruhig: »Ich bin froh, daß du dich endlich entschlossen hast.«

»Wie meinst du das?«

»Ich habe mit Tony gesprochen. Er hat mir von eurem Wochenende in Montauk erzählt.«

»Und?«

Sie nippte an ihrem Glas, setzte es hin, drückte ihre Zigarette aus.

»Du weißt ja – Tony kommt immer vom Hundertsten ins Tausendste. Er hat sich darüber ausgelassen, daß manche Leute im Schwips das verrückteste Zeug schwatzen. Wenn zum Beispiel Harry Brown einen über den Durst getrunken habe, frage er seinen Freund, den Strafverteidiger, wie man es anstelle, jemanden umzubringen. Und wo man ein Schießeisen herbekäme, dessen Herkunft sich nicht feststellen ließe. Er war heilfroh, daß du *ihn* gefragt hast, sagt Tony. Ein anderer hätte dein Gerede unter Umständen ernst nehmen können, sagt er. War es nicht ein bißchen durchsichtig, so direkt zu fragen?«

»Ich weiß gar nicht, wovon du redest«, sagte Harry. »Ich hatte

wirklich schwer geladen.«
Sie nahm ihr Glas, trank und sah ihn über den Rand hinweg an. »Sicher, mein Schatz«, sagte sie halblaut.
Er trank ebenfalls. »Übrigens wundert es mich, daß du Zeit hattest, Tony zu treffen, wenn du dich angeblich so schwer freimachen konntest.«
»Dich liebe ich. Tony ist eben – na ja, eben nur Tony.«
»Das verstehe ich nicht.«
»Kurt pendelt zwischen Wohnung und Büro hin und her. Da kann ich nicht so ohne weiteres verschwinden. Der Fall Carona drängt, er ist zur Zeit Kurts Hauptbeschäftigung. Die Fahrt nach Maine war keine Vergnügungsreise. Er hat ein paar seiner Leute zusammengetrommelt, und sie haben, als Urlauber getarnt, über die Sache gesprochen. Auch die Reise nach Europa ist zur Sprache gekommen. Du weißt, daß du ihn begleiten sollst?«
»Ich weiß. Aber für Tony hattest du Zeit . . .«
Karen lächelte. »Eifersüchtig?«
»Mir haben alle Rippen weh getan vor Sehnsucht nach dir. Und nicht nur die Rippen.« Er beugte sich über sie.
»Nicht jetzt, Liebling.« Sie zündete sich eine zweite Zigarette an, stieß den Rauch heftig aus. Hinter der Rauchwolke sagte sie: »Sei nicht albern, Liebling. Tony ist nur einer von Kurts Anwälten. Er hatte eine Besprechung mit Kurt bei uns in der Wohnung. Als Kurt abgerufen wurde, konnten wir ein paar Minuten miteinander reden. Weißt du, Harry, ich bin froh, daß es jetzt soweit ist. Und andererseits ist es mir irgendwie peinlich . . .«
»Warum?«
»Eigentlich wäre es meine Aufgabe. Aber dazu fehlt mir der Mut.«
»Wir wollen nicht darüber sprechen«, sagte er wild.
»Doch, wir müssen darüber sprechen. Wenn ich nicht so verdammt feige wäre . . .« Sie goß den Rest ihres Drinks in sich hinein. »Ich könnte den Auftrag dazu geben. Im Laufe meiner zweifelhaften Karriere sind mir genug Leute über den Weg gelaufen, die sich dazu bereit finden würden. Aber von einem Profi-Killer kann man allzu leicht erpreßt werden. Da kommt man vom Regen in die Traufe. Harry . . . Du bist doch sein Arzt.«
»Nein, so geht das nicht«, unterbrach Harry schroff. Er sprang auf, wanderte im Zimmer auf und ab. Sie folgte ihm unruhig mit dem Blick. Schließlich blieb er stehen, wirbelte zu ihr herum.

»Schön – wenn du es unbedingt breitreden willst ... Niemand darf auf die Idee kommen, daß ich dahinterstecke, daß ein Arzt die Tat begangen hat. Es muß aussehen wie ein Bandenmord, ein Unterweltscoup.«
»Du hast recht. Daran hatte ich nicht gedacht.« Ihre Stimme war klein und geknickt. »Aber ich wünschte ...«
»Hör zu, Karen: Ich glaube, selbst wenn es nicht um dich ginge, müßte ich es tun. Wenn ich nicht mein ganzes Leben lang als Marionette an seiner Hand zappeln will. Hör auf, dich zu quälen. Ich kämpfe um mein Leben. Um unser Leben.«
Sie tastete mit blinden Augen nach dem Glas. Dann merkte sie, daß es leer war, und starrte auf seinen blanken Boden. »Was brauchst du, Harry?«
»Einen Revolver mit Schalldämpfer. Und natürlich Munition. Weder Revolver noch Schalldämpfer dürfen irgendwelche Merkmale haben, an denen man ihre Herkunft ablesen kann. Eine Profi-Waffe ...«
»Du hättest gleich zu mir kommen sollen. Ich besorge dir, was du brauchst, Harry.«
»Ja, richtig – deine Beziehungen. Daran hatte ich nicht gedacht.« Er sah, wie sie das leere Glas gedankenverloren in der Hand drehte. »Noch einen Schluck?«
»Ja, bitte.«
Er küßte ihre Fingerspitzen, nahm ihr das Glas ab und mixte zwei neue Drinks. Sie trank hastig, während er dicht neben ihr stand. Dann nahm sie das Glas von den Lippen, sah zu ihm auf. »Bitte, geh wieder auf deinen Platz zurück, Liebling. Für mich ist die Sache ganz ungefährlich. Ich hatte mal einen großen Boss in Frisko als Verehrer. Das war noch in meiner Strip-tease-Zeit. Er war verrückt nach mir. Damals hieß ich Jackie Jill. Schick, was? Ich kannte ihn als Onkel Joe. Von Jackie Jill zu Mrs. Kurt Gresham aus New York, das ist ein langer Weg. Er ist – bitte lach jetzt nicht –, er ist im Grunde seines Herzens sentimental. Ich glaube nicht, daß er seine Jackie Jill vergessen hat.«
»Die Sache gefällt mir nicht«, murmelte Harry.
Sie lachte. »Du brauchst keine Angst zu haben, daß die alte Liebe aufgewärmt wird, mein Schatz. Ich weiß, wie Onkel Joe zu erreichen ist, und glaube bestimmt, daß er mir verschaffen kann, was du brauchst. Ohne Gefahr für uns beide. Er wird keine neugierigen Fragen stellen. Was mit seiner Ware geschieht, wenn er sie

abgeliefert hat, interessiert ihn nicht. Er ist – wie hast du doch so schön gesagt, Harry: Er ist ein Profi.«
»Wie hast du es dir denn gedacht?«
»Ich würde ihn von einer Telefonzelle aus anrufen – als Jackie Jill. Ich hab' noch seine Telefonnummer. Sie steht übrigens nicht im Telefonbuch. Von damals hab' ich bei Onkel Joe noch so einiges gut. Daß ich den Mund halten kann, weiß er. Alles andere ist ihm egal. Soll ich, Harry?«
»Ja. Aber sei vorsichtig.«
»Und dann?«
»Ich weiß noch nicht recht ... Das *Starhurst* wäre wohl der beste Ort. Hält er sich an den Zeitplan, den du mir genannt hast?«
»Auf die Minute.«
»Er kommt fünf Minuten vor sieben?«
»Auf den Schlag.«
»Und der Besucher um sieben?«
»Prompt. Nicht eine Minute davor oder danach. Kurt hat das seinen Leuten so lange eingehämmert, daß es ihnen zur zweiten Natur geworden ist.«
»Dann ist er also fünf Minuten allein«, sagte Harry. »Das müßte reichen. Wir werden uns für den Fall, daß ich verhört werde, ein Alibi ausdenken.«
»Harry ...«
»Ja.«
»Ich muß dir etwas sagen.«
In ihrer Stimme schwangen so viel Verzweiflung, Trotz und Scham, daß es ihm den Kopf hochriß. »Was?«
»Ich muß es dir jetzt sagen ...«
»Was denn, um Himmels willen?«
»Wenn etwas schiefgeht ...«
»Ja?«
»Wenn etwas schiefgeht, schwindle ich. Ich lasse dich im Stich. Ich kenne mich. Ich lasse dich die Kastanien aus dem Feuer holen. Ich werde sagen, daß es deine Idee war, daß du mich zum Mitmachen gezwungen hast. Ich hab' dir gesagt, daß ich dich liebe. Und das tu' ich auch. Aber ich weiß, daß ich immer zuerst versuchen werde, meine eigene Haut zu retten, Liebe hin oder her. Das sollst du wissen, bevor wir weitere Pläne machen.«
Das halbe Zimmer lag zwischen ihnen. Er sah sie an. »Du bist eine bemerkenswerte Frau, Karen.«

»Ich bin ein jämmerlicher Feigling.«
»Danke.«
»Wofür?«
»Für deine Ehrlichkeit. Hab keine Angst, es wird schon nichts schiefgehen!«
»Aber die Polizei. Sie wird nicht lockerlassen.«
»So weit wird es gar nicht erst kommen.«
»Bitte, Harry, überleg es dir noch einmal! Jetzt, bevor es zu spät ist.«
»Ich hab' es mir reiflich überlegt, Karen«, sagte er. »Ich muß ihn umbringen! Wenn etwas schiefgeht, nehme ich mir das Leben.«
Am Sonnabend gaben Mr. und Mrs. Kurt Gresham in ihrer Wohnung in der Park Avenue eine Party. Es war ein glanzvolles Ereignis. Die Damen erschienen in großer Abendrobe. Mrs. Kurt Gresham brillierte in einem Modell eines bekannten italienischen Couturiers. Der liebenswürdige Gastgeber teilte mit, daß er am 1. September in Begleitung seines neuen Hausarztes für einige Monate nach Europa reisen wolle. »Wenn ich jung wäre, würde ich nicht nur meine Frau, sondern auch meine Geliebte mitnehmen. Ich bin ein alter Mann, also muß ich mich mit meinem Arzt begnügen.«
Es gab Gelächter und Beifall. Dann bat die Gastgeberin zum Essen in den lichterglänzenden Salon.
»Übrigens, Harry«, sagte Kurt Gresham, »Tony hat mit den Leuten von der Paßstelle alles Notwendige verabredet. Aber du mußt dir den Paß persönlich abholen.«
»Wird gemacht«, meinte Harry.
»Tony wird mitkommen. Wenn die Bürohengste wiehern, ist es immer gut, einen Anwalt bei sich zu haben.«
»Natürlich«, sagte Harry.
Tony Mitchell grinste. »Ich hab' uns für Mittwoch um zehn angemeldet. Ist dir das recht?«
»Natürlich«, sagte Harry noch einmal.

15

Der 1. August war ein Montag. Am Montag, dem 1. August, zehn Minuten nach zwei, klingelte auf Dr. Browns Praxisschreibtisch das Telefon. Die Vermittlung sagte: »Ich habe eine Voranmeldung aus San Franzisko für Dr. Harrison Brown. Bitte sprechen Sie.« Harry Brown meldete sich.

Eine Männerstimme, tief, ein bißchen schnarrend, fragte: »Dr. Harrison Brown?«

»Ja.« Er spürte, wie ihm der Schweiß ausbrach.

»Tag, Doktor. Hier spricht Jackie Jills Onkel Joe. Erinnern Sie sich? Sie haben mich letztes Jahr behandelt, als ich in New York war. Schön, mal wieder Ihre Stimme zu hören.«

Furcht kroch an Dr. Harrison Browns Rücken hoch. »Ja?« sagte er abwartend.

»Ich wollte Sie um einen Gefallen bitten, Doktor.«

»Einen Gefallen?« Er griff nach einem Zellstofftuch und wischte sich die Stirn.

»Mein Bruder Ben ist letzte Woche gestorben. In New York. Er ist eingeäschert worden . . .«

»Ja?«

»Mein Bruder hat in seinem Testament bestimmt, daß seine Asche im Atlantik versenkt werden soll.«

»Aha.«

»Wissen Sie, ich bin hier in Frisko augenblicklich ziemlich im Druck und kann nicht weg. Sonst kenne ich niemanden in New York. Könnten Sie nicht die Asche abholen und den letzten Wunsch meines Bruders erfüllen? Ich wäre Ihnen sehr dankbar.«

Harry fuhr sich mit der Zunge über die trockenen Lippen. »Wo ist die Urne?«

»Das Beerdigungsinstitut liegt in Yonkers, an der Rennbahn. Allerton Avenue heißt die Straße. Beerdigungsinstitut Smith & Smith. Fragen Sie nach dem Inhaber, Franklin Gregory Archibald Smith. Würden Sie das für mich tun, Doktor?«

»An welchem Tag? Und um welche Zeit?«

»Morgen um eins. Ich habe Mr. Smith schon angerufen und ihm gesagt, daß Sie höchstwahrscheinlich selber kommen werden. Übrigens könnte ich dabei zwei Fliegen mit einer Klappe schlagen. Ich hab' Ihnen doch damals in New York tausend Dollar geliehen. Ihre Praxis soll ja jetzt recht ordentlich gehen. Könnten

Sie mir die tausend zurückzahlen?«
»Selbstverständlich.«
»Na, großartig! Ich habe nämlich die Beerdigungskosten noch nicht bezahlt, und wenn die Brüder kein Geld sehen, geben sie auch die Urne nicht heraus. Zufällig kostet der Spaß tausend Dollar. Die könnten Sie für mich bezahlen, dann sind wir quitt. Einverstanden, Doktor?«
»Ja, natürlich.«
»Können Sie bar zahlen? Das macht sich immer besser.«
»Sicher. Wie hieß der Verstorbene?«
»Benjamin A. Smith. Komischer Zufall, was, Doktor? Das Beerdigungsinstitut heißt Smith, die Leiche heißt Smith. Der arme alte Ben – er hat sich lange genug mit diesem verdammten Krebs herumgequält. Na schön, Doktor, dann wären wir klar, nicht? Die Namen und die Adresse haben Sie doch?«
»Ja, ich hab' mir alles aufgeschrieben.«
»Morgen um eins. Und vergessen Sie das Geld nicht. Vielen herzlichen Dank.«
In San Franzisko legte Onkel Joe den Hörer auf.

Am gleichen Nachmittag rief Brown Dr. Manley Lamper an, einen Kollegen, und bat ihn, im September und Oktober die Vertretung für seine Praxis zu übernehmen. Er entwarf auch einen Brief an seine Patienten, in dem er sie von seiner Reise in Kenntnis setzte und ihnen mitteilte, daß Dr. Manley Lamper die Vertretung übernehmen würde. Seine Sprechstundenhilfe sollte diesen Brief an alle in der Kartei erfaßten Patienten schicken und Anrufe nach dem 1. September auf Dr. Manley Lamper umstellen.
Am nächsten Morgen hielt er auf seinem Weg in die Praxis an der Bank und kam mit einem neutralen Umschlag heraus. Darin steckten zehn Hundertdollarscheine.

16

Es war ein zweistöckiges rotes Backsteinhaus in einer ruhigen Wohngegend in Yonkers. Bäume beschatteten den Bürgersteig, und die Häuser hatten Vorgärten mit sorgsam gepflegtem Rasen.

Es gab nur wenige Geschäfte: einen Supermarkt, eine Wäscherei, einen Kosmetiksalon, einen Drugstore, ein Blumengeschäft. Und das Beerdigungsinstitut. Er fuhr langsam daran vorbei und schob sich etwa dreißig Meter weiter unten in eine Parklücke. Bevor er ausstieg, vergewisserte er sich, daß der dicke Umschlag noch in seiner inneren Jackentasche steckte.

Ohne Hast ging er durch die schattige Straße bis zu dem Backsteinbau und stand gleich darauf in einem kühlen Raum mit weichen grauen Teppichen, einem langen grauen Tisch, grauen Stühlen und Bänken und ein paar Topfpflanzen. An der Stirnseite des Raumes saß ein blonder junger Mann an einem kleinen grauen Schreibtisch. Er stand sofort auf und kam auf ihn zu. »Was kann ich für Sie tun, Sir?« Er hatte eine angenehm leise Stimme.

»Ich möchte Mr. Franklin Gregory Archibald Smith sprechen.«

»Wen darf ich melden?«

»Wie bitte?«

»Ihren Namen bitte, Sir.«

»Smith«, sagte Harry.

Der junge Mann lächelte. Er hatte prachtvoll weiße Zähne. »Sind Sie angemeldet?«

»Ja.«

»Bitte, nehmen Sie doch einen Augenblick Platz!«

Der junge Mann ging gemessenen Schritts durch den Raum und verschwand nebenan. Harry blieb stehen.

In einer halben Minute war der junge Mann wieder da.

»Bitte, folgen Sie mir, Sir!«

Sie traten in ein ebenfalls ganz in Grau gehaltenes Büro, grauer Teppich, graue Ledersessel, grauer Stahlschreibtisch, graue Jalousien, die fest geschlossen waren.

»Bitte kommen Sie herein, Sir.« Ein dürrer Mann mit langem, faltigem Gesicht und spärlichen schwarzen Haaren erhob sich hinter dem Stahlschreibtisch. Sein Haar war offensichtlich nicht auf seinem Kopf gewachsen. Seine ziemlich hohe Stimme verriet zu Harrys Überraschung ein gewisses Maß an Bildung. Er trug einen teuren schwarzen Anzug und eine schwarze Krawatte mit einer Perle. »Danke, Adam.«

Der blonde Junge zog sich zurück.

»Ich bin Franklin Gregory Archibald Smith«, sagte der Leichenbestatter. »Ihr Name ist Smith, wenn ich nicht irre?«

»Harry Smith«, bestätigte Harry ohne eine Miene zu verziehen.

Der Dürre lächelte und deutete auf den Sessel neben dem Schreibtisch.
Harry setzte sich; der Dürre setzte sich.
»Ein häufiger Name«, bemerkte der Lange.
»Sehr richtig«, bestätigte Harry.
»Was kann ich für Sie tun, Mr. Smith?« erkundigte sich sein Namensvetter.
»Ich soll hier etwas für einen Bekannten erledigen. Für Onkel Joe.«
»Onkel Joe?«
»Onkel Joe aus San Franzisko.«
»So?« Der Herr im schwarzen Anzug wartete.
»Ich soll die Urne von Onkel Joes Bruder Ben abholen. Benjamin A. Smith.«
»Ja?« Harrys Gegenüber rührte sich noch immer nicht.
»Ach so«, sagte Harry. Er nahm den Umschlag aus der Tasche. »Hier ist das Geld, das Onkel Joe Ihnen schuldet.«
Das brachte den Langen in Bewegung. Er streckte eine knochige Hand nach dem Umschlag aus, öffnete ihn, nahm die Scheine heraus und zählte sie, steckte das Geld wieder in den Umschlag, schloß wieder zu und steckte den Schlüssel ein. Dann stand er auf.
»Bitte, warten Sie hier«, sagte er mit seiner hohen Stimme und verschwand. Er hatte lange, gleitende Schritte, es sah aus, als ginge er ständig auf Zehenspitzen.
Harry blieb sitzen. Im Zimmer war es kühl. Er glitt unruhig auf seinem Sessel hin und her.
Und wenn es ein aufgelegter Schwindel war? Smith konnte ihm genausogut eine Urne mit Asche andrehen. Was konnte er schon tun? Zur Polizei gehen? Bei dem Gedanken mußte er unwillkürlich lachen, und ihm wurde wieder wohler.
Der Mann kehrte mit einem länglichen Paket zurück. Es war in gewöhnliches Packpapier gehüllt. Die Kanten waren mit Klebeband verwahrt, und das Ganze war mit dicker Schnur zugebunden.
»Hier ist die Urne«, sagte der Dürre. Er händigte Harry das Paket aus. »Ich soll Ihnen noch einmal sagen, daß die Asche im Atlantik versenkt werden muß.«
»Ja«, bestätigte Harry.
»An einer recht tiefen Stelle. Sie werden darauf achten, ja?«

Worauf du dich verlassen kannst, dachte Harry. »Ja, natürlich«, sagte er laut.
»Dann also – gute Verrichtung, Mr. Smith.«
»Vielen Dank«, sagte Harry.
Der Dürre schloß sofort die Tür hinter ihm.
Der blonde Junge saß wieder an seinem Schreibtisch.
»Auf Wiedersehen, Sir.«
»Auf Wiedersehen.«
Draußen empfing ihn sommerliche Hitze. Das Paket – so leicht es war – wog schwer in seiner Hand. Sorgfältig verstaute er es im Kofferraum. Er wagte nicht, es zu öffnen. Seine Kleider klebten ihm am Körper. Er zog die Jacke aus, lockerte die Krawatte und öffnete den obersten Hemdknopf. Dann setzte er sich ans Steuer und fuhr los.
Er fuhr langsam, versuchte nie, noch kurz vor dem roten Licht an der Ampel durchzukommen und hielt sich streng rechts. Seiner Sprechstundenhilfe hatte er gesagt, daß er gegen zwei zurückkäme.
Als er es endlich geschafft hatte, war es fast halb drei.
Das Paket zerrte wie Blei an seinem Arm.
Beinahe hätte er es fallen lassen, als er die Tür öffnete. Im Wartezimmer saß Besuch.
Es war kein Patient.
Es war Lieutenant Galivan.

17

»Guten Tag, Doktor«, sagte Galivan.
»Guten Tag«, antwortete Brown.
»Ich war gerade in der Gegend – da wollte ich doch mal bei Ihnen vorbeischauen. Ihr Engel hier sagte, Sie wären gegen zwei wieder da, also hab' ich's mir gemütlich gemacht. Schön kühl haben Sie es hier.«
»Tja, die Segnungen einer Klimaanlage . . .«
»Wenigstens ein Vorteil unserer sogenannten Zivilisation.«
»War irgend etwas für mich?« fragte Brown seine Sprechstundenhilfe. Er versuchte, das Paket möglichst unauffällig zu halten.
»Ja, Doktor. Drei Hausbesuche.« Sie reichte ihm drei Zettel. »Um

vier Uhr fünfzehn kommt Mr. Murphy, und um vier Uhr dreißig Frieda Copeland.«

»Das Geschäft blüht«, lächelte Brown gezwungen. Er warf einen Blick auf die Zettel. »Sind die Besuche dringend?«

»Nein, Herr Doktor.«

»Wollen Sie mich einen Augenblick entschuldigen, Lieutenant?«

»Aber gern«, sagte Galivan.

»Ich bin gleich wieder da.«

»Lassen Sie sich ruhig Zeit, Doktor.«

Harry zog die Sprechzimmertür hinter sich zu, legte das Paket in einen Schrank und schloß ab. Er hängte seine Jacke weg, zog sich aus und ließ sich zuerst einmal kaltes Wasser über den Kopf laufen. Dann seifte er sich ab und zog sich frische Wäsche und einen weißen Kittel an. In der Uniform seines Berufs fühlte er sich geschützt und sicher.

Er öffnete die Tür zum Wartezimmer. »So, Lieutenant, jetzt fühle ich mich wieder menschlich. Kommen Sie herein.«

Der lange Kriminalbeamte mit dem eisengrauen Haar kam ins Sprechzimmer geschlendert.

»Setzen Sie sich doch.«

»Danke sehr.« Der Lieutenant setzte sich und schlug die Beine übereinander.

Harry verschanzte sich hinter seinem Schreibtisch.

»Wie geht's denn so, Doktor?«

»Danke, gut«, sagte Harry. »Ich will Sie keinesfalls drängen, Lieutenant, aber wenn es wichtig ist . . .«

»Ich werde Sie nicht lange aufhalten.«

»Es ist nur so, daß ein paar Hausbesuche auf meiner Liste stehen, und nachmittags habe ich von vier bis sieben Sprechstunde . . .«

»Hat sich noch was im Fall Lynne Maxwell getan, Doktor?«

»Nichts. Ich hätte Sie sonst angerufen.«

Der Lieutenant nickte. »Wir sind da auf eine seltsame Sache gestoßen . . .«

»Ja?«

»Wenn ein Fall nicht abgeschlossen ist, halten wir natürlich Augen und Ohren offen. Diese Mrs. Gresham, mit der Sie an jenem Abend aus waren . . .«

»Ja?« Schon wieder brach ihm der Schweiß aus.

»Stellen Sie sich vor: Diese Mrs. Gresham kannte Lynne Maxwell.«

»Tatsächlich? Das wußte ich nicht.«
Galivan förderte seine unvermeidliche Pfeife zutage. Aber er stopfte sie nicht, sondern hielt sie nur in der Hand. »Der Verdacht einer strafbaren Handlung besteht im Fall Maxwell nicht, Doktor. Sonderbar ist nur, daß das Mädchen plötzlich in Ihrer Wohnung auftauchte.«
»Das haben wir ja alles schon durchgekaut.«
»Ich verstehe, daß Ihnen diese Sache zum Halse heraushängt. Trotzdem muß ich jetzt dienstlich werden.«
»Ja?« Zu Browns Ärger rutschte das Wort eine halbe Oktave höher heraus, als beabsichtigt.
»Mrs. Gresham ist Ihre Patientin?«
»Ja. Das wissen Sie längst. Sie und ihr Mann.«
»Eine sehr attraktive Frau.«
»Möglich.«
»Mit einem alten Mann.«
Er zwang sich zu einem frostigen Ton. »Was wollen Sie damit sagen, Lieutenant?«
»Ich muß Ihnen eine unangenehme, aber unvermeidliche Frage stellen, Doktor. War Mrs. Gresham Ihnen mehr als eine Patientin?«
Darauf war er nicht vorbereitet. Wußte Galivan Bescheid? Oder war es nur ein Schuß ins Blaue? Jetzt durfte er keine falsche Antwort geben. Seine Gedanken jagten sich.
War es möglich, daß Galivan ihn beobachten ließ? Möglich immerhin. Aber kaum wahrscheinlich. Den Tod der Lynne Maxwell konnte man ihm nicht zur Last legen. Er glaubte zu wissen, daß Galivan von seiner Unschuld überzeugt war. Ja, so ging es.
»Sie wollen wissen, ob wir ein Verhältnis haben?«
Galivan lachte. »Ja.«
»Die Antwort ist: nein. Aber es ist richtig, daß unsere Kontakte enger sind als zwischen Arzt und Patient im allgemeinen üblich. Uns verbindet eine private Freundschaft. Warum fragen Sie, Lieutenant?«
»Tja, wenn Sie und Mrs. Gresham näher befreundet wären, läge es einigermaßen nahe, daß Sie ihr einen Schlüssel zu Ihrer Wohnung gegeben hätten. Mrs. Gresham wiederum kannte Lynne Maxwell. Es wäre immerhin eine Erklärung dafür, wie das Mädchen in Ihr trautes Heim gekommen ist.«
»Mit dieser schönen Theorie ist es nichts. Mrs. Gresham hat kei-

nen Schlüssel zu meiner Wohnung.« Jetzt fühlte er sich wieder auf sicherem Boden, denn das war die Wahrheit.
»Ihr Mann auch nicht?«
»Ich hab' Ihnen doch gesagt, Lieutenant: Niemand hat einen Schlüssel zu meiner Wohnung.«
Jetzt holte Galivan doch den Tabaksbeutel hervor und stopfte sich die Pfeife. Er zündete sie umständlich an und paffte ein paar Sekunden schweigend vor sich hin. Dann fragte er: »Wie lange kennen Sie Mrs. Gresham?«
»Sie ist seit einigen Monaten meine Patientin.«
»Kurt Gresham auch?«
»Sie kamen beide zu mir.«
»Vorher kannten Sie Mrs. Gresham nicht?«
»Nein.«
»Und Mr. Gresham auch nicht?«
»Ganz recht, Lieutenant.«
»Wie sind die beiden eigentlich zu Ihnen gekommen, Doktor?«
»Auf Empfehlung von Tony Mitchell.«
»Mit Mitchell sind Sie wohl schon lange bekannt?«
»Von klein auf. Er war ein Bekannter meines Vaters, der auch Anwalt war.«
»Ich weiß. Sie sind also unzertrennlich?«
»Die Greshams sind meine wichtigsten Patienten«, sagte Brown. »Kurt Gresham hat ein schwaches Herz. Als sein alter Arzt sich zur Ruhe setzte, hat mich Mr. Gresham mit einem ansehnlichen Jahreshonorar als Hausarzt angeheuert. Für mich war das der reinste Lottogewinn – das sage ich Ihnen ganz offen. Ich wünschte, ich hätte ein Dutzend so zahlungskräftiger Patienten. Übrigens nimmt er mich als seinen Hausarzt am 1. September mit auf eine Europareise. Und falls es Sie interessiert: Ich bekomme für diese zwei Monate fünfundzwanzigtausend Dollar Honorar und sämtliche Auslagen ersetzt. Ich bin jung, ich bin gerade erst dabei, mir eine Praxis aufzubauen. Manchmal muß ich mich kräftig in die Nase zwicken, um mich davon zu überzeugen, daß ich das alles nicht nur träume. Aus irgendeinem unbekannten Grund hat Gresham mich in sein Herz geschlossen, und ich werde mich bemühen, den Alten noch möglichst lange am Leben zu erhalten. Was wollen Sie sonst noch von mir wissen? Oder darf ich jetzt endlich meine Hausbesuche machen?«
Galivan stand auf. »Vielen Dank, Doktor. Ich freue mich über

Ihre Offenheit. Wenn sich noch was im Falle Lynne Maxwell ergibt, hängen Sie sich an die Strippe, ja?«
»Selbstverständlich.«
»Hoffentlich habe ich Sie nicht allzu lange aufgehalten.«
»Schon gut, Lieutenant.«
Als sich die Tür hinter Galivan geschlossen hatte, sank Brown in seinen Drehstuhl und legte die zitternden Hände flach auf die Schreibtischplatte, um sich zu beruhigen.
Aber innerlich triumphierte er. Galivan hatte das Garn geschluckt, das er ihm vorgesponnen hatte. Jetzt hatte er keine Zeit mehr, das Paket des Beerdigungsinstituts zu öffnen.
Zum Teufel mit diesen Hausbesuchen!
Er legte den weißen Kittel ab, fuhr in sein Jackett und griff nach seiner Bereitschaftstasche.
Als er wieder in die Praxis zurückkam, warteten schon vier Patienten auf ihn. Bis er sie abgefertigt hatte, saßen abermals fünf im Wartezimmer. Es war eine Ironie des Schicksals.
Endlich war der letzte Patient gegangen. Es war acht Uhr. Auch die Nachtschwester hatte die Tür hinter sich zugemacht. Jetzt konnte er den Schrank aufschließen und die sterblichen Überreste von Onkel Joes Bruder herausnehmen. Er zerschnitt die Schnur, riß das Packpapier ab. Ein stabiler Pappkarton, sauber verklebt, kam zum Vorschein. Als er den Deckel abhob, konnte er kaum atmen vor Spannung. Zunächst sah er nur Seidenpapier vor sich. Dann entdeckte er dazwischen mehrere in Öltuch gewickelte Päckchen. Er öffnete sie.
Nein – er war nicht betrogen worden. Er war jetzt Besitzer eines Revolvers mit Schalldämpfer und fünfundzwanzig Patronen.
Der Revolver war ein offensichtlich neuer 38er Colt, die typische Polizeidienstwaffe. Die Fabriknummer war weggeschliffen worden, die Stelle gründlich verätzt. Auch der Schalldämpfer schien neu zu sein und hatte die gleiche Behandlung wie der Revolver über sich ergehen lassen müssen.
Die Waffe war frisch geölt. Er prüfte die Trommel, vergewisserte sich, daß alle Kammern leer waren, und zielte. Er zog den Anschlag zurück, drehte die Trommel in beide Richtungen. Er war zufrieden. Nirgends war überflüssiges Spiel. Der Revolver war tadellos ausgerichtet. Er brachte den Schalldämpfer an und steckte sechs Patronen in die Trommel. Dann knipste er das Licht aus, tastete sich zum Fenster, zog die Jalousie hoch, öffnete lautlos

einen Fensterflügel und lehnte sich in die Dunkelheit hinaus. Draußen war niemand zu sehen.
Er zielte auf einen hellen Stern und drückte ab. Als die Waffe losging, gab es nur einen leisen, zischenden Laut. Der Rückschlag fühlte sich gut an.
Harry schloß das Fenster, ließ die Jalousie herunter, vergewisserte sich, daß sie dicht schloß, und schaltete die Deckenbeleuchtung wieder an.
Er nahm den Schalldämpfer ab, legte eine neue Patrone ein und sicherte die Waffe. Mehr als eine Trommel würde er nicht zu verschießen brauchen. Revolver und Schalldämpfer wurden wieder in das Ölttuch gewickelt, dann schlug er die Päckchen in kleine Handtücher ein und räumte sie weg. Mit einer Operationsschere schnippelte er die Schnur, das Papier, den Karton und das Öltuch, in dem die Patronenschachtel gesteckt hatte, in kleine Stücke. Dann nahm er den ganzen Kram unter den Arm und warf ihn in die hauseigene Müllverbrennungsanlage. Er zählte die verbleibenden Patronen in der Schachtel – es waren achtzehn –, stülpte den Deckel darüber und verklebte ihn fest mit Leukoplast.
Dann zog er sich um, steckte die Patronenschachtel ein, knipste in der Praxis das Licht aus, schloß ab und stieg in seinen Wagen.
Er fuhr eine Weile kreuz und quer durch die Straßen, den Blick wachsam am Rückspiegel. Als er sich davon überzeugt hatte, daß ihm niemand folgte, fuhr er stadteinwärts.
Sein Ziel war die Fähre nach Brooklyn.
Als sie die Bay halb überquert hatten, stieg er aus und ging an Deck. Dort standen nur wenige Fahrgäste. Er spazierte zum Heck und stellte sich an die Reling, die Patronenschachtel in der Hand. Er sah sich um. Kein Mensch in Sicht.
Mit einer geschickten Drehung des Handgelenks beförderte er die kleine Schachtel direkt ins Kielwasser der Fähre. Er sah sie in dem sprühenden Gischt nicht einmal aufschlagen.
»Tut mir leid, Benny«, sagte er. »Näher zum Atlantik bin ich nicht gekommen.«

Am Mittwoch abend ging er in Tonys Begleitung zur Paßstelle und wurde für Freitag noch einmal hinbestellt. Am darauffolgenden Dienstag hatte er seinen Paß in Händen. Am Donnerstag und Freitag machte er Reiseeinkäufe. Unter anderem erstand er ein Paar leichte Handschuhe. Er ließ sie sich nicht mit den anderen Sachen nach Hause schicken, sondern nahm sie gleich mit in die Praxis. Dort leisteten sie unter Verschluß dem Revolver und dem Schalldämpfer Gesellschaft.

Am Sonnabend spielte er mit Kurt Gresham, Karen und Dr. Stone Golf. Für den gleichen Abend hatte Stone die Greshams, Tony Mitchell und Harry Brown zu einem Essen in ein bekanntes französisches Restaurant eingeladen.

Zwischen Hauptgericht und Nachspeise rief der Direktor der Taugus-Klinik Harry über den Tisch hinweg zu: »Wie steht's nun mit Ihrer Entscheidung, Doktor?«

»Die wird gerade noch ausgebrütet«, sagte Brown und wandte sich hastig an Bernice Stone, in der Hoffnung, daß das ihren Mann davon abhalten würde, weiter auf dem Thema herumzureiten.

Aber es war schon zu spät. Kurt Gresham fragte mit entwaffnendem Lächeln: »Was für eine Entscheidung, Alfred? Du wirst mir doch nicht meinen Hausarzt abwerben wollen?«

»Berufsgeheimnis«, sagte Dr. Stone lakonisch.

Harry machte sich darauf gefaßt, daß Gresham ihn später darauf ansprechen würde, aber zu seiner Überraschung schien Kurt den Zwischenfall vergessen zu haben.

Am Sonntag abend aßen Brown und Karen bei *Giobbe*. Sie waren seit jenem Sonnabend in Harrys Wohnung zum erstenmal wieder allein. Karen sah durchsichtig zart aus. Ihre Wangen waren schmaler, ihre grünen Augen wirkten noch größer und unergründlicher als sonst. Ihre Schönheit war buchstäblich atemberaubend. Sie plauderte leicht und aufmerksam, aber unter der Fassade der Dame von Welt spürte er die ungeheure innere Anspannung.

Nur einmal berührten sie die Angelegenheit, die im Augenblick ihr Leben erfüllte. Harry fing davon an.

»Onkel Joe hat mich angerufen.«

Sie nahm sich mit zitternden Fingern eine Zigarette. »Wann?«

»Am Montag. Er hat mir gewisse Anweisungen gegeben, die ich getreulich ausgeführt habe. Es ist alles glatt gegangen.«

»Du hast also, was du brauchst.« Ihre Stimme war fast unhörbar.

»Ja.«

»Und jetzt?«

»Die nächste Station ist das *Starhurst*.«

»Wann?«

»Das weiß ich noch nicht. In jedem Fall vor dem 1. September.«

Am Dienstag machte er eine Generalprobe. Er verließ seine Praxis pünktlich um elf Uhr vormittags. Den geladenen Revolver hatte er in den Hosenbund gesteckt. Den Schalldämpfer trug er in der Innentasche seines weitgeschnittenen Sportsakkos. Die neuen Handschuhe steckten in einer Außentasche.

Bis zum Hotel brauchte er zu Fuß zehn Minuten.

Das *Starhurst* war ein großer, altertümlicher Kasten und machte den Eindruck, als hätte es schon bessere Zeiten erlebt. Er schob sich durch die Drehtür und stand im vorderen Teil der langen, schmalen Hotelhalle, die mit einem abgetretenen roten Teppich ausgelegt war. Weit hinten sah er eine Ecke des Empfangstisches, die Fahrstühle und eine Sitzecke mit trüben Lämpchen. Der Mann am Empfang war vom Eingang aus nicht zu sehen und konnte demnach auch nicht erkennen, wer das Hotel betrat.

In der Halle herrschte Grabesstille. Harry schnupperte. Moderluft, dachte er und schüttelte sich.

Hinter der Tür führte rechts ein kurzer Gang ab, den ein ebenfalls arg mitgenommener roter Läufer zierte. Er endete an einer Tür mit einem Messingknauf. Harry öffnete sie und fand sich am Fuße einer steilen Treppe. Er stieg die Stufen hinauf. Die erste Tür im ersten Stock trug die Nummer 101.

Er ging wieder hinunter, öffnete die Tür mit dem Messingknauf, ging durch den kurzen Gang, wandte sich nach links zum vorderen Teil der Hotelhalle, ließ sich auf die Straße hinausdrehen und schlenderte gemächlich zu seiner Praxis zurück.

Für das ganze Manöver hatte er genau zwanzig Minuten gebraucht.

19

Am Donnerstag erschien Kurt Gresham endlich wieder zu einer Routineuntersuchung in der Praxis. Sein Blutdruck war in erschreckende Höhen geklettert, seine Atmung flach, sein Puls schnell und unregelmäßig. Das EKG zeigte kein erfreuliches Bild.
»Wie wollen Sie's haben, Kurt: Schmus mit Fransen oder die ungeschminkte Wahrheit?«
»Im Augenblick ist nicht viel mit mir los, was?« meinte Gresham und zündete sich eine Zigarre an.
»Das ist eine gelinde Untertreibung. Haben Sie morgens Ihr Digitalis genommen? Ihr Chinidin nach dem Frühstück und Abendessen? Das Dicumerol nachmittags? Die vorgeschriebenen Mengen?«
»Wenn ich dran gedacht habe.«
»Mit anderen Worten also: fast nie. Dann werden wir mal lieber noch eine Prothrombinprobe machen. Rollen Sie Ihren Ärmel hoch.«
Er entnahm eine Blutprobe und klebte das Namensschild fürs Labor auf. »Sie brauchen mir nicht erst zu sagen, daß Sie sich nicht nach meinen Vorschriften richten, Kurt. Ich hab' mit eigenen Augen gesehen, daß Sie essen wie ein Schwerarbeiter – und zwar gerade das, was Ihnen am wenigsten zuträglich ist. Wollen Sie sich denn mit Gewalt einen zweiten Herzinfarkt holen?«
»Es sind die Nerven, Harry. Ich hab' im Augenblick allerlei um die Ohren.«
»Sie haben einen Herzfehler, Kurt. Wenn Sie so weitermachen, sind Sie in kürzester Zeit nur noch ein Herztoter mehr in der Statistik.«
»Ich kenne Leute, die das nur zu gern sehen würden.«
»Den Gefallen sollten Sie ihnen aber nicht tun.«
»Wie steht's also?«
»Schlecht.«
Gresham machte eine ungeduldige Handbewegung: »Klipp und klar: Wie sind die Chancen?«
Harry zündete sich eine Zigarette an und zuckte die Schultern. »Theoretisch können Sie noch jahrelang so weitermachen. Die Schäden aus Ihrem ersten Herzinfarkt sind praktisch beseitigt, und Sie haben eine starke Konstitution. Aber mit Ihrem Verhalten fordern Sie das Schicksal geradezu heraus. Wenn Sie sich

weiter so unvernünftig benehmen, fallen Sie eines Tages um und sind tot. Und das täte mir leid, denn wenn Sie sterben, verliere ich meinen besten Kunden.« Harry versuchte ein vergnügtes Lachen. Es mißlang.
Kurt Gresham stieß eine lange Rauchfahne aus. »Was rätst du mir also?«
»Wenn Sie sechzig Pfund abnehmen und sich dann an die Diät halten, die ich Ihnen ausgearbeitet habe, wenn Sie regelmäßig Ihre Medikamente schlucken, wenn Sie sich von Ihren Geschäften nicht verrückt machen lassen, sehe ich keinen Grund, warum Sie nicht so alt werden könnten wie Methusalem.«
»Schöne Aussichten«, meinte der Millionär ohne Begeisterung.
»Geben Sie Ihrem Herzen einen Stoß. Fangen Sie heute an.«
Gresham mußte lachen. »Du bist ein verdammt guter Arzt, Harry. Also gut. Auf unserer Traumreise werde ich mich bessern. Da kannst du auf mich aufpassen. Übrigens fahren wir mit dem Schiff. Die Plätze sind schon gebucht. Bis dahin werde ich ja noch durchhalten, was?«
Brown drückte seine Zigarette aus und lächelte seinem reichen Patienten zu. »In dem Geschäft, das ich betreibe, ist eine Garantie ausgeschlossen.«
»Ich riskier' es. Was bleibt mir auch anderes übrig?« Gresham lachte. »Übrigens, Harry, ich möchte die Stones für morgen abend ins Theater einladen. Das Essen neulich konnte er sich eigentlich gar nicht leisten. Kurt Gresham läßt sich nicht lumpen. Könntest du mir einen Gefallen tun und mich als Gastgeber vertreten?«
»Warum machen Sie es nicht selber?« Er wußte ganz genau, mit wem Kurt Gresham am nächsten Abend verabredet war.
»Ich habe zu tun. Es tut mir leid, daß ich nicht dabei sein kann. Ich habe nämlich fünf Karten für *Success Story* erwischt.«
Success Story war der große Broadway-Erfolg, der im Mai Premiere gehabt hatte und auf Monate hinaus ausverkauft war.
»Wie haben Sie die bloß wieder ergattert?« sagte Harry, wider Willen bewundernd. »Die Stones und ich – das sind drei. Wer sind die anderen beiden? Karen und Tony?«
»Ja. Ich habe zum Essen vor der Vorstellung einen Tisch bei *Monique* bestellt. Mein Fahrer kann die Stones von der Klinik abholen und hinterher zurückfahren. Um sieben bei *Monique*. Dann habt ihr reichlich Zeit zum Essen. Stone möchte möglichst früh wieder in der Klinik sein. Du kannst mit Karen und Tony nach

der Vorstellung gleich zu mir kommen. Bis dahin bin ich höchstwahrscheinlich auch wieder zurück. Dann können wir es uns noch ein bißchen gemütlich machen. Einverstanden, Harry?«
»Sie sind der geborene Organisator.«
»So, das wäre also klar.« Gresham stand auf. »Die Karten hat Karen. Du kannst ja wegen der Einzelheiten noch mit ihr telefonieren.«
Eine halbe Minute, nachdem die Tür hinter Kurt Gresham ins Schloß gefallen war, stand Harry am Telefon und sprach mit Karen.
»Er war eben hier.«
»Ich weiß.« Karens Stimme klang gepreßt. »Er wollte sich mal wieder untersuchen lassen. Wie geht's ihm?«
»Über den Gesundheitszustand meiner Patienten lasse ich mich nicht telefonisch aus«, sagte Dr. Brown. »Können Sie bei mir vorbeikommen, Mrs. Gresham?«
»Na, natürlich. Wann?«
»Ginge es gleich?«
»Ich komme sofort«, sagte sie.

20

Sie saß vor ihm wie ein Schulmädchen: Knie zusammengepreßt, Hände gefaltet, ein nervöses Zucken am rechten Augenlid. Das kupferfarbige Haar war zu einer Hochfrisur getürmt und ließ die kleinen Ohren frei, die fast nackt wirkten ohne Schmuck. Unter dem reinseidenen grünen Jackenkleid trug sie eine weiße Bluse mit tiefem Ausschnitt. Sie hatte kein Make-up aufgelegt, nur die Lippen leicht nachgezogen. Sie sah sehr jung aus.
»Du weißt es genau?« fragte Harry ruhig.
»Ganz genau«, flüsterte Karen. »Er trifft sich morgen abend wie üblich im *Starhurst* mit einem Geschäftsführer.«
»Gut. Dann ist es also soweit. Ich habe volle fünf Minuten zur Verfügung?«
»Ja.«
»Sechs Uhr fünfundfünfzig bis sieben Uhr?«
»Ja.«
»In zwei Minuten dürfte alles erledigt sein.«

Er stand auf, zog sich die dünnen Handschuhe über und holte die Waffe und den Schalldämpfer hervor. Sie folgte wie gebannt seinen Bewegungen. »Der gute alte Onkel Joe«, sagte er trocken. »Die tausend Dollar sind gut angelegt, findest du nicht?«
»Bitte, Harry, pack das wieder weg. Ich – ich hab' Angst.«
Er wickelte Revolver und Schalldämpfer wieder ein, verstaute beides zusammen mit den Handschuhen im Schrank, schloß ab, steckte den Schlüssel ein und setzte sich wieder an seinen Schreibtisch.
»Karen?«
»Ja, Harry.«
»Du hast mit dieser Sache nichts zu schaffen. Das weißt du . . .«
»Ja.«
»Ich kann verstehen, daß du Angst hast. Aber du darfst dir nichts anmerken lassen. Wenn du glaubst, daß du es nicht schaffst, mußt du mir das jetzt ganz ehrlich sagen.«
»Ich schaff' es schon. Es ist nur . . .«
»Schon gut. Nun zu unserem Alibi.«
»Ja, Liebling.«
»Wir werden es nicht brauchen, aber sicher ist sicher. Wir sollen uns um sieben bei *Monique* treffen, nicht wahr?«
»Ja, Liebling.«
»Kurt schickt den Wagen nach Taugus. Es ist also anzunehmen, daß die Stones ziemlich früh kommen werden.«
»Ja, Kurt hat seinen Fahrer auf äußerste Pünktlichkeit gedrillt. Ich kann ihm aber noch einmal sagen, daß er die Stones um sechs Uhr fünfundvierzig bei *Monique* abliefern soll.«
»Und du?«
»Tony holt mich ab. Ich sorge dann schon dafür, daß wir vor den Stones ankommen.«
»Gut. Jetzt zu mir. Daß ich ganz pünktlich komme, wird niemand erwarten, denn ich habe ja bis sieben Sprechstunde. Ich werde es so einrichten, daß morgen ab sechs keine Patienten mehr angenommen werden. Meine Sprechstundenhilfe schicke ich einfach eine Stunde früher als sonst nach Hause. Zwischen sechs Uhr und sechs Uhr dreißig ziehe ich mich dann in der Praxis um, wie immer, wenn ich abends ausgehe. Kurz darauf verlasse ich das Haus. Das darf aber niemand wissen. Alles klar?«
»Ja.«
»Genau zwei Minuten vor sieben gehst du zum Telefon und tust

so, als ob du mich anrufst. Dann sagst du den Stones und Tony, ich wäre gerade beim Rasieren und würde in ein paar Minuten losfahren. In Ordnung?«

»Ja, Harry.«

»Zwanzig Minuten nach sieben – das ist gut gerechnet, glaube ich – hab' ich im *Starhurst* alles erledigt und bin wieder in der Praxis. Zwanzig Minuten nach sieben also bittest du Dr. Stone, mich noch einmal anzurufen. Wenn Tony sagt, das könnte er doch erledigen, laß ihm ruhig seinen Willen. Dr. Stone wäre mir allerdings lieber. Ich entschuldige mich am Telefon für die Verspätung und sage, daß ich gerade gehen wollte. Ich fahre zu *Monique*, und von da an bin ich ständig unter Zeugen. Da kann praktisch nichts mehr passieren.«

»Ja.« Etwas von Harrys sachlicher Ruhe schien auf Karen überzugehen. Ihre Spannung löste sich allmählich. »Was geschieht aber, wenn es einem zufälligen Passanten in den Sinn kommt, dich wegen irgendeines Wehwehchens aufzusuchen, während du im *Starhurst* bist?«

»Bevor ich weggehe, schalte ich das Licht aus. Wenn dieser Punkt überhaupt jemals zur Sprache kommt – und du darfst nicht vergessen, daß wir dieses Alibi uns vorsichtshalber ausarbeiten, denn ich glaube kaum, daß man mich verhören wird –, kann ich sagen, daß ich früher Schluß gemacht habe, weil ich mich für meine Abendeinladung frisch machen wollte, und daß ich deshalb nicht mehr aufgemacht oder den Summer nicht gehört habe. Außerdem habe ich wenig Laufkundschaft.«

»Wenn aber ein Patient inzwischen versucht, dich telefonisch zu erreichen?«

»Ein Kollege, Dr. Lamper, wird die Gespräche übernehmen, die auf meiner Praxisleitung ankommen. Das ist eine gegenseitige Vereinbarung. Wenn er mal abends ausgeht, übernehme ich seine Gespräche. Ich werde dem Kundendienst Bescheid sagen, von fünf Uhr ab alle Anrufe auf Dr. Lamper umzulegen. Und wenn du Stone bittest, mich hier um sieben Uhr zwanzig anzurufen, gib ihm meine Privatnummer. Dann gibt's keine Komplikationen mit dem Kundendienst. Noch was?«

»Die . . .«, sie schluckte. »Die Waffe.«

»Die werde ich zusammen mit dem Schalldämpfer an einer Stelle deponieren, wo die Polizei über sie stolpern muß. Das ist ja der Pfiff bei der Sache, Karen. Alle Erkennungsmerkmale sind besei-

tigt. Dadurch bekommt die Tat dann den Anstrich eines bestellten Mordes. Die Handschuhe werfe ich in die Verbrennungsanlage, wenn ich zurückkomme, für den Fall, daß Spuren von Öl oder Schießpulver daran sind. Das wär's.« Er sah sie an. »Woran denkst du?«
»Ich liebe dich«, sagte Karen.
Er stand auf. »Es ist besser, wenn du jetzt gehst.«
»Ich liebe dich, Harry.«
»Wann sollst du mich anrufen?«
»Zwei Minuten vor sieben.«
»Wann soll Stone anrufen?«
»Zwanzig Minuten nach sieben. Deine Privatnummer.«
»Ich liebe dich«, sagte Harry.

21

Der Tag des Mordes war von einer beinahe klassischen Einheit mit der Natur: düsterer Himmel, schwüle Wärme, Windstille. Das Atmen fiel schwer. Bei diesem Wetter gediehen Gewalttaten. Auch daß der Tag Brown ein volles Wartezimmer brachte, war eine Ironie des Schicksals. Er war den ganzen Tag auf den Beinen. Ein Hausbesuch jagte den anderen, die Patienten drängten sich. Am Nachmittag drohte sein gesamter Zeitplan durcheinanderzugeraten. Nur dadurch, daß zwei Patienten im letzten Augenblick absagten, konnte er seine Sprechstundenhilfe tatsächlich um sechs nach Hause schicken und das Licht im Wartezimmer ausmachen. Mittags hatte er Dr. Lamper angerufen und ihm gesagt, daß er seine Anrufe abends auf ihn umstellen lassen würde.
Als er allein war, schloß er die Praxis ab und schaltete auch die Flurbeleuchtung aus.
Zuerst goß er einen tüchtigen Schluck Whisky pur in sich hinein, dann trank er Wasser nach und stellte die Flasche weg. Er hatte sich einen Drink vor der Tat und hinterher zwei Cocktails bei *Monique* bewilligt – mehr nicht.
Dann machte er sich an die Arbeit. Sein ganzes Leben hing davon ab, wie er die nächsten neunzig Minuten überstand. Er registrierte mit Genugtuung, daß er weder Nervosität noch Angst empfand.

Er zog sich ohne Hast an, mit knappen, sparsamen Bewegungen, und duschte sich zuerst lauwarm, dann eiskalt, bis es ihm fast den Atem nahm. Er frottierte sich kräftig ab, rasierte sich, ohne sich ein einziges Mal zu schneiden. Absichtlich ließ er die benutzten Handtücher und die abgelegte Wäsche im Badezimmer herumliegen. Er zog frische Wäsche an, einen locker geschnittenen, anthrazitfarbenen Anzug und einen dunkelgrauen Binder zum weißen Hemd. Als er den Revolver in den Hosenbund schob, war es genau sechs Uhr dreißig. Er verstaute den in ein Öltuch gewickelten Schalldämpfer in der Brusttasche seines Jacketts, schloß den Schrank ab und machte noch einen letzten Rundgang durch die Wohnung. Ganz plötzlich zitterte ein Pfeil der Furcht in ihm: Beinahe hätte er die Handschuhe vergessen. Er holte sie heraus und steckte sie in eine äußere Jackentasche.

Bevor er ging, kam ihm noch eine Idee. Er hob den Hörer seines Privatapparates ab und legte ihn neben den Apparat auf die Schreibtischplatte. Wenn jemand versuchen sollte, ihn anzurufen, war die Leitung besetzt.

Einundzwanzig Minuten vor sieben schlüpfte er in einen dunklen Hausflur direkt gegenüber dem *Starhurst*.

Das Taxi setzte die wohlbekannte massige Gestalt einen halben Häuserblock vor dem *Starhurst* ab. Gut organisiert, dachte Harry Brown. Auf diese Weise bestand keine Gefahr, daß sich ein Taxifahrer über einen Fahrgast Gedanken machte, der sich mit schöner Regelmäßigkeit ins *Starhurst* befördern ließ. Durch das schmutzige Glas der Haustür beobachtete Harry, wie Kurt Gresham aktentaschenbewaffnet durch die Drehtür verschwand. Er warf einen Blick auf die Uhr. Es war sechs Minuten vor sieben.

Harry gab ihm fünfzig Sekunden. Dann überquerte er gelassen die Straße. Er steuerte zielbewußt durch die Drehtür, wandte sich nach rechts. In der Hotelhalle war niemand zu sehen. Mit seiner behandschuhten Hand drehte er den Messingknauf, öffnete die Tür, warf einen Blick nach rechts, einen Blick nach links: niemand in Sicht.

Er nahm die Waffe aus dem Hosenbund und den Schalldämpfer aus der Jackentasche, setzte den Schalldämpfer auf, ging schnell und leise die Treppe hinauf. Vor der Tür von Zimmer 101 entsicherte er den Colt.

Er machte eine leichte Drehung nach rechts, so daß seine rechte Hand mit der Waffe nicht gleich sichtbar war. Dann hob er die

linke und klopfte – nicht laut, nicht leise – an die Tür mit der abblätternden Ölfarbe.
Nach einer winzigen Pause, als sei der Mieter verblüfft über den verfrühten Besuch, wurde geöffnet.
Kurt Gresham stand seinem Mörder gegenüber.
Brown hob die rechte Hand.
Der kleine rote Mund in dem rosafarbenen Gesicht rundete sich, die farblosen Augen gingen von Harrys Gesicht zu der Waffe mit dem Schalldämpfer in Harrys behandschuhter rechter Hand.
Dann trat Kurt Gresham langsam zurück. Harry folgte ihm. Die Tür fiel mit einem leisen Klicken ins Schloß. Sie standen sich Auge in Auge in lastendem Schweigen gegenüber.
Harry sah, wie die Hängebacken anfingen zu zittern, wie die kleine rosa Zunge erregt über die trockenen Lippen fuhr. Er sah, wie ein Schleier der Todesfurcht die farblosen Augen überzog.
Und er befahl seinem Zeigefinger, sich am Abzug zu krümmen.
Drück ab, schrie er sich an.
Nichts geschah.
Keine Bewegung.
Kein Schuß.
Kurt Gresham nahm ihm die Waffe aus der Hand, packte ihn mit einem erstaunlich energischen Griff an den Jackenaufschlägen und gab ihm einen Stoß. Er fiel in einen wuchtigen Hotelclubsessel.
»Du Idiot! Du Würstchen! Du Feigling! Du ...« Greshams Stimme klirrte vor Verachtung, und sein Schatz an Schimpfworten war erstaunlich. Der Strom versiegte erst, als es von außen an die Tür donnerte. Mit einem Satz war der Millionär am Bett, schob den Revolver unter das Kopfkissen und war schon wieder auf dem Weg zur Tür, als diese aufgerissen wurde.
Ein Hüne mit gebrochener Nase stand auf der Schwelle und hielt eine große schwarze Automatic schußbereit in der Hand.
Durch die wattige Leere in Browns Kopf zog ein klarer Gedanke: Er wunderte sich. Wer der Mann auch ist – alles hat der erwartet, nur nicht, daß der Hotelgast quicklebendig, höchstens etwas überrascht, vor ihm steht und ein Besucher gemütlich in einem Sessel sitzt.
»'n Abend, Mr. Curtis«, sagte der Riese. Er hatte eine Baßstimme, die knarrte wie eine lange nicht geölte Tür. »Alles in Ordnung?«

»In Ordnung?« echote Kurt Gresham. »Aber ja, Mr. O'Brien. Kommen Sie doch herein!«
Der Riese trat einen Schritt näher, und der Millionär schloß hinter ihm die Tür.
»Was wollen Sie denn mit diesem Riesenspielzeug, Mr. O'Brien?« fragte Gresham. »Stecken Sie das Ding, bitte, weg. Wissen Sie, ich hab' ein schwaches Herz.«
Der Riese machte ein dummes Gesicht. Ein Catcher, dachte Harry. Oder ein Gangster im Ruhestand. Die gebrochene Nase, die schrankbreiten Schultern, die kleinen Schweinsäuglein im fleischigen Gesicht, das Gorillakinn . . .
»Doktor«, sagte Kurt Gresham, »das ist Mr. O'Brien. Mr. O'Brien ist der Hausdetektiv des *Starhurst*. Mr. O'Brien, das ist mein Hausarzt, Dr. Brown.«
»Ihr Hausarzt?« sagte O'Brien. Er atmete geräuschvoll durch die gebrochene Nase. »Tag, Doktor.«
Harry nickte ihm zu.
»Was führt Sie her, O'Brien?« fragte der Millionär mit gerunzelter Stirn.
»Komische Sache«, knurrte der Hausdetektiv. »Wahrscheinlich wollte mir jemand 'nen schlechten Streich spielen, Mr. Curtis. Jemand hat mich im Büro angerufen. Irgend so ein Weibsbild. Sprach schnell und hysterisch. Sagte, sie hätte Schüsse in Zimmer 101 gehört, und hängte auf, bevor ich fragen konnte, von wo sie sprach.«
»Wann war das?«
»Fünf Minuten vor sieben. Sie wissen ja, ich hab' diese große elektrische Uhr direkt vor meiner Nase über dem Schreibtisch hängen. Ich glaub', ich hab's in neunzig Sekunden hier herauf geschafft. Die Aufzüge stehen, die Ausgänge sind bereits abgeriegelt. War 'ne Sache von Minuten.«
»Schnelle Arbeit«, lobte der Millionär. »Es ist ein beruhigendes Gefühl, daß ein so tüchtiger Mann wie Sie hier Dienst macht. Ich werde mich erkenntlich zeigen. Ein hübsches Weihnachtsgeschenk kommt Ihnen doch sicher zupaß, was?«
»Vielen Dank, Mr. Curtis«, sagte der Riese verlegen. »Wenn's hier wirklich 'ne Schießerei gegeben hätte – der Kerl wär' nicht weit gekommen. Ich hätt' ihn schon erwischt. Na ja, dann entschuldigen Sie die Störung, meine Herren. Ich muß zusehen, daß ich die Aufzüge wieder in Gang bekomme. Dann kann ich auch

die Wachen von den Ausgängen abziehen.«
Als der Hausdetektiv seine enorme Tatze auf den Türknauf legte, klopfte es. O'Brien sah Gresham an. Dieser nickte.
»Ich erwarte Besuch, Mr. O'Brien. Das geht schon in Ordnung.«
O'Brien öffnete die Tür. Draußen stand ein hochgewachsener Mann in unauffälligem dunkelblauem Anzug. Er trug eine Aktentasche in der Hand. Als er O'Briens ansichtig wurde, bekam er unruhige Augen.
Harry sah automatisch auf seine Armbanduhr. Er starrte ungläubig auf das Zifferblatt. Das war doch nicht möglich! Der Zeiger zeigte auf sieben Uhr. Nur fünf Minuten waren vergangen, seit er sich unten durch die Drehtür geschoben hatte.
»Wenn es Ihnen heute nicht paßt, Mr. Curtis«, sagte der Mann mit der Aktentasche. Er hatte eine nichtssagende Stimme, leise und neutral, die man vergaß, kaum daß man sie gehört hatte.
»Nein, nein, kommen Sie nur herein. Mr. O'Brien geht gerade.«
Kurt Gresham winkte freundlich, als der Riese das Zimmer verließ, und nickte dem Neuankömmling zu.
Der Mann trat ein und schloß die Tür hinter sich. Er sah Harry ausdruckslos an und schwieg.
Gresham nahm ihm die Tasche ab und legte sie aufs Bett. Aus dem Badezimmer holte er eine Aktentasche, die der des Besuchers zum Verwechseln ähnlich sah.
»Das ist alles für heute, Monte«, sagte der Millionär mit seiner gezierten Stimme. »Die Abrechnung müssen wir auf ein anderes Mal verschieben. Übrigens – heute ist dieses Hotel das letzte Mal Treffpunkt gewesen. Übers Wochenende teile ich Ihnen den neuen Ort und die Zeit mit.« Gresham öffnete die Tür und lächelte. »Gute Reise.«
Der Große ging wortlos hinaus.

22

Kurt Gresham schloß die Tür ab und legte den Riegel vor. Das Lächeln lag noch auf seinem Gesicht, als er sich umwandte. »Endlich allein«, sagte er.
Brown antwortete nicht.
Wie aus weiter Ferne hörte er die gezierte Stimme: »Wie sagt

man unter feinen Leuten: ›Wollen Sie sich nicht die Hände waschen, Herr Doktor?‹ Meinem Leibarzt brauche ich nicht erst zu sagen, wie ein solches Erlebnis auf die Blase wirkt. Nein? Nun, ich bin nicht mehr so jung und kräftig wie du. Entschuldige mich einen Augenblick.«

Der Dicke watschelte ins Badezimmer und schloß die Tür.

Nach einer Weile hörte Harry die Wasserspülung gehen. Dann hörte er Wasser laufen, dann Spritzen und Gurgeln.

Die Geräusche füllten seinen Kopf bis zum Platzen, überdröhnten jeden Gedanken. Er kam sich vor wie ausgehöhlt. Dennoch wußte er dunkel, daß in den letzten Minuten sehr viel und sehr Wichtiges geschehen war. Aber was das war, was es für ihn bedeutete, das konnte er noch nicht erfassen. Nicht nur sein Denkapparat war gelähmt, sondern auch sein Körper. Es wäre so leicht gewesen, aus dem Sessel aufzustehen, zum Bett zu gehen, sich den Revolver zu greifen, die Tür aufzuschließen und aus dem Zimmer zu spazieren. Er brachte es nicht fertig – ums Leben nicht. Ums Leben . . . Ja, vielleicht hing wirklich sein Leben davon ab.

In diesem Augenblick kümmerte ihn das nicht.

Die Badezimmertür öffnete sich. Gresham erschien mit rosa schimmerndem, sauberem Gesicht und frisch gekämmtem Haar. Er hatte Jackett und Krawatte abgelegt, sein Hemd war offen. Man sah den grauen Haarfilz, der sich auf seiner Brust kräuselte. Er warf Harry ein sauberes Handtuch in den Schoß.

»Hier, trockne dich ab«, befahl er. »Du schwitzt ja wie ein Teenager vor dem ersten Rendezvous. Los, trockne dich ab«, wiederholte er schärfer.

Harry nahm das Tuch, wischte sich Gesicht, Hals, Hände ab. Dann faltete er es ordentlich zusammen und legte es brav aufs Knie. Gresham, der ihn scharf beobachtete, nahm ihm das Handtuch weg und warf es ins Bad. Dann ging er zum Bett, hob das Kissen hoch, holte den Colt hervor, schüttelte den Kopf beim Anblick des Schalldämpfers, warf Harry einen fast mitleidigen Blick zu, zuckte die Schultern, öffnete die Aktentasche, die auf dem Bett lag, schob Harrys Waffe hinein und verschloß die Tasche.

Dann trat er auf Harry zu. »Harry?«

Harry sah ihn mit leerem Blick an.

»Willst du einen Drink?«

Harry hörte eine heisere Stimme ein »Ja« hervorwürgen. Erst

nach ein paar Sekunden wurde ihm klar, daß diese fremde Stimme ihm gehörte.
Gresham verschwand noch einmal im Bad und kam mit einer Flasche Kognak und zwei Wassergläsern zurück.
»Zwanzig Jahre alt«, verkündete er. »Aus meinem Privatbesitz.« Er füllte die Gläser zur Hälfte, gab eins Harry und legte sich mit seinem Glas aufs Bett. Er nahm einen langen Schluck.
»Herunter mit dem Zeug, Harry«, befahl er.
Harry kam mit einem Ruck in die Wirklichkeit zurück. Er hob das Glas, trank es in einem Zug leer, während Gresham ihn vom Bett aus beobachtete. Wärme durchrann Harrys Körper, stieg von seinen Zehen durch die Beine in die Brust, in den Kopf auf. Jetzt konnte er auch wieder denken.
»Na also«, sagte der Dicke. »Du bist dem Leben wiedergeschenkt. Ich hätte gern eine Diagnose von Ihnen, Herr Doktor. Was halten Sie von dem Patienten Harrison Brown?«
Doch Harrys Gedanken beschäftigten sich nicht mit seiner eigenen Person, sondern mit Karen.
»Du armer Trottel«, flötete Kurt Gresham. »Wie schön, daß man ab und zu noch Leute findet, die dumm genug sind, anderen die Kastanien aus dem Feuer zu holen.«
»Was?« Harry blinzelte. »Was haben Sie eben gesagt, Kurt?«
»Hast du es noch nicht gemerkt?«
»Was denn?«
»Daß meine Frau und ihr Liebhaber dich nach allen Regeln der Kunst reingelegt haben?«
»Liebhaber?« stotterte Harry. »Aber . . .«
»Ich meine unseren gemeinsamen Freund Anthony Mitchell.«
Die ganze Welt schien plötzlich aus den Fugen zu geraten. »Tony?« sagte Harry mit schwerer Zunge.
»Tja, sie hat gut gespielt, was? Eigentlich schade . . . es wäre nicht nötig gewesen, daß sie ihr Geld mit Ausziehen verdiente. Sie hätte eine großartige Schauspielerin abgegeben. Da werde ich dir wohl erst mal ein Licht über Tony aufstecken müssen, was?«
»Über Tony. . .« wiederholte Harry benommen.
»Tony arbeitet seit zehn Jahren für mich. Er ist einer meiner führenden Leute, ein Mitglied meines Aufsichtsrates. Wer, glaubst du, hat dich als Ersatz für den alten Dr. Welliver vorgeschlagen, als Welliver in den Ruhestand ging? Dein Freund Tony Mitchell. Daraufhin erst haben wir deine Vergangenheit genau unter die

Lupe genommen.«
»Tony«, wiederholte Harry. Er stierte in sein leeres Glas.
»Tonys Idee war es, daß Karen und ich uns Dr. Harrison Brown als zahmen Hausarzt halten sollten. Tony hatte sich auch den Dreh mit dem Kredit ausgedacht, um dich an die Angel zu bekommen, was ja dann auch prompt klappte. Und Tony hast du es auch zu verdanken, daß Karen mit dir ins Bett gegangen ist.«
Harry Brown blinzelte wieder. Ein plötzlicher Schmerz krampfte sein Inneres zusammen.
»Mir scheint«, bemerkte Karens Mann mit seinem unentwegten Lächeln, »das Bübchen ist wahrhaftig entrüstet.«
Harry blinzelte, aber sein Blick wurde nicht klarer.
»Aber eigentlich mache ich mir selber mehr Vorwürfe als dir«, fuhr Kurt Gresham fort. »Schließlich muß man dir Einfaltspinsel zugute halten, daß du nie mit harten Tatsachen konfrontiert worden bist und auch nicht zu den Erfahrensten gehörst. Ich dagegen gelte als cleverer, erfahrener Geschäftsmann. Tonys Taktik, dich in eine Affäre mit Karen zu verwickeln, hielt ich für sehr wirkungsvoll. Ich habe nicht durchschaut, daß die beiden es im Endeffekt nicht auf dich, sondern auf mich abgesehen hatten.«
»Ihre eigene Frau«, würgte Harry hervor. »Sie haben Ihrer eigenen Frau gesagt, sie sollte meine Geliebte werden?«
»Ja, und ich mußte alle meine Überredungskünste dazu aufbieten. Ich glaube, jetzt können wir beide noch einen Schluck gebrauchen.«
Gresham wuchtete sich vom Bett hoch, füllte die Gläser nach und setzte sich wieder. »Harry, du tust, als wärst du ein Sonntagsschüler und nicht ein Mann, der mitten im Leben steht. Glaubst du, ich hätte mir etwas vorgemacht, als ich Karen heiratete? Ich bin ein häßlicher alter Mann. Sie ist jung, schön und – wie du weißt – leidenschaftlich. Um sie zu bekommen, mußte ich ihr schon einiges bieten. Es war ein klarer Handel: für sie Geld und Ehe – für mich eine schöne, junge Frau. Aber ich wußte auch, daß ich ihr als Mann nicht genügen konnte. Ich erlaubte ihr also, ihr Glück auch außerhalb der Ehe zu suchen – was sie, wie ich genau wußte, ohnehin getan hätte –, unter der Bedingung, daß sie Diskretion wahrte. Ich habe von Anfang an von ihrem Verhältnis mit Tony Mitchell gewußt. Was ich nicht wußte, war, daß sie meinen Tod planten und nur noch auf die passende Waffe warteten.«

Harry fiel ein, daß der Kognak neben ihm stand. Er trank gierig.
»Diese Waffe warst du, Harry. Die Grundzüge des Schlachtplans waren von genialer Einfachheit: Du bringst mich um, wirst erwischt, sie sind uns beide los. Und wenn sie nicht gestorben sind, so leben sie noch heut – von meinem Geld. Wie gefällt Ihnen meine Diagnose, Doktor?«
»Ich glaube kein Wort davon«, stieß Harry hervor.
»Dann bist du noch dümmer, als ich dachte. Oder du willst die Wahrheit vor dir selber nicht zugeben. Vor dir selber nicht – oder nicht vor mir. Ich könnte ja schlecht von dir denken, was, Harry? Noch schlechter . . .«
Der dicke, unförmige Alte auf seinem Bett lächelte Brown zu. Es war kein gehässiges Lächeln; es lag fast eine Spur von Sympathie darin. Die rosa Wangen zitterten.
»Ich sehe schon, Doktor: Ich muß noch deutlicher werden. Es war Karens Idee, daß du mich umbringen solltest.«
»Nein!«
»Denk mal nach, mein Junge: Bist du darauf gekommen?«
»Ja.«
»Nein, sie hat dir den Gedanken eingegeben, glaube mir. Ich kenne sie. Ich weiß, wie sie arbeitet. Ich will gern zugeben, daß die Einzelheiten nicht direkt von ihr stammen. Ich möchte annehmen, daß sie Tonys Meisterhirn entsprungen sind. Nun, das ist ja auch gleichgültig – beteiligt waren sie jedenfalls beide. Das ist so sicher wie die Tatsache, daß ich noch lebend vor dir sitze. Aber weiter im Text. Karen hat dir gesagt, daß ich jeden Freitag zwischen sechs Uhr fünfundfünfzig und sieben Uhr allein im *Starhurst* bin. Stimmt's?«
»Ja, aber . . .«
»Und sie hat dir den Revolver samt Schalldämpfer besorgt?«
Er schwieg.
»Du willst also die Ritterrolle weiterspielen? Auch gut. Schade um die schöne Generalstabsarbeit, nicht wahr, Harry? Bis auf die letzte Sekunde ausgearbeitet. Narrensicher. Und doch ging der Plan daneben. Und warum? Als der liebe Harry eintrat, die Waffe hob und mich theoretisch erschoß (da hat sich übrigens mein geliebtes Weib in der Wahl ihres ausführenden Organs mächtig verkalkuliert), als ich theoretisch tot zu Boden falle – was geschieht? O'Brien, der Hoteldetektiv, stürmt herein und sieht dich – noch immer theoretisch – mit einem netten kleinen

Schießeisen in der Hand. Hättest du also tatsächlich den Mumm gehabt, deinen Plan auszuführen, wärst du auf frischer Tat ertappt worden. Das muß doch selbst deinem Kinderhirn eingehen.«
Harry Brown schloß die Augen, um den Fettkloß, diese Verkörperung seines schlechten Gewissens und seines Versagens, nicht mehr zu sehen. Aber der Stimme konnte er nicht entgehen.
»O'Brien bekommt einen anonymen telefonischen Tip, verwandelt das Hotel in eine Mausefalle, rast hinauf und erwischt dich. Wer hat da wohl fünf Minuten vor sieben angerufen, Doktor?«
Fünf Minuten vor sieben hatte er sich, eine knappe Minute nach Gresham, durch die Drehtür des Hotels geschoben . . .
»Es war eine Frauenstimme, sagt O'Brien«, fuhr Gresham fort. »Eine ›hysterische‹ Frauenstimme, die von Schüssen auf Zimmer 101 berichtet, die gar nicht gefallen sind. Die Besitzerin dieser Stimme wußte aber offensichtlich, daß in Zimmer 101 Schüsse fallen sollten. Sie wußte, daß du in diesem Augenblick in meinem Zimmer stehen und ein Sieb aus mir machen solltest. Wer wußte das, Harry – außer meiner Frau?«
Harry schwieg.
»Und weshalb hat sie den guten O'Brien mit vorzüglich gespielter Hysterie angerufen und ihn veranlaßt, gerade im strategisch günstigen Augenblick hereinzuplatzen? Gib's zu – der Zeitpunkt war so raffiniert berechnet, daß O'Brien dich noch mit der Waffe in der Hand erwischen mußte.«
Ja, ja, ja – schrie es in Harry.
»Vielleicht dachten sie, du würdest den Kopf verlieren und zu flüchten versuchen. In diesem Falle hätte dich O'Brien todsicher umgelegt. Oder sie hofften, daß du in dem Augenblick, da O'Brien auf der Bildfläche erschien, den Revolver gegen dich selber richten und damit dem Braven die Arbeit abnehmen würdest. Und wenn du nun weder die Flucht ergriffen noch dich erschossen hättest – sag mir ehrlich, Harry: Hättest du Karen belastet? Hättest du irgendeine Handhabe dazu gehabt? Ich kenne meine Frau. Sie hat sicher dafür gesorgt, daß nicht der Schatten eines Verdachtes auf sie fallen konnte.«
Ja . . . Es genügte, wenn sie den zwei Minuten vor sieben geplanten Anruf nicht in Szene setzte, wenn sie nicht Dr. Stone bat, ihn zwanzig Minuten nach sieben noch einmal anzurufen.
»Na, Doktor, wie fühlen wir uns?«
Harry fuhr sich mit der Zunge über die spröden Lippen. War es

möglich, daß Karen keine Schuld traf? Daß Tony allein hinter dieser üblen Geschichte steckte? Aber dieser Strohhalm zerbrach in dem Augenblick, als er danach griff. Von wem hätte Tony von dem Plan erfahren können, wenn nicht durch Karen?
»Wie ich sehe, fühlen wir uns miserabel, Doktor. So miserabel, wie sich ein anständiger junger Mann nur fühlen kann, wenn er sich zum erstenmal so sieht, wie andere ihn sehen. Als ein Narr, ein Nichts, als ein Popanz, der seiner Geliebten so wichtig ist wie ein schmutziges Taschentuch. Und am liebsten möchtest du dich in ein Mauseloch verkriechen und deine Wunden lecken, die man deinem Selbstbewußtsein geschlagen hat, was? Möchtest von nichts mehr hören und sehen von der ganzen Sache, von Karen, von Tony, von der Organisation, von mir . . .«
»Ja«, würgte er hervor.
»Na, wir wollen mal sehen, was sich tun läßt«, sagte Kurt Gresham. »Eigentlich habe ich dich von Anfang an recht gern gemocht, Harry. Ich hab' nur deine Courage überschätzt. Aber jetzt haben wir noch etwas Wichtiges zu erledigen.«
Gresham stand auf, ging zum Schrank und kam mit einer seiner berühmten langen Havanna-Zigarren zurück. Harry sah zu, wie er ein Streichholz anriß, ein paar prüfende Züge machte und befriedigt nickte.
»Die Lage ist nicht unpikant, mein Junge«, sagte der Millionär genüßlich. »Treten wir mal in die Schuhe meiner Frau und meines gescheiten Anwalts. Ich bin – ihrer Meinung nach – tot, und du bist entweder ebenfalls abgekratzt oder im Kittchen gelandet. Folglich kommst du bedauerlicherweise um das Essen bei *Monique* und den Theaterbesuch mit den Stones. Wie erklären sie dein Fernbleiben? Sehr einfach – auf die Herren von der medizinischen Zunft kann man sich bei Abendeinladungen bekanntlich nie verlassen. Wahrscheinlich ein dringender Fall. Dr. Stone und seine Frau werden dafür sicherlich Verständnis haben. Du hast nicht mal Zeit zum Telefonieren gehabt. Bewunderswert, diese gewissenhaften jungen Ärzte.« Er nahm die Zigarre aus dem Mund und betrachtete sie stirnrunzelnd. »Karen und Tony essen also allein mit den Stones und gehen anschließend ins Theater mit ihnen. Danach bringt mein Fahrer die Stones zurück nach Taugus. Karen und Tony sind zum erstenmal an diesem Abend allein. Wohin gehen sie, Harry?«
»Zu Ihnen nach Hause.«

»*Home, sweet home* – sehr richtig, mein Junge. Sie fahren eilends in die Park Avenue, denn ich bin ja tot. Du hast mich ermordet. Die Polizei wartet vermutlich bereits sehnsüchtig darauf, die trauernde Witwe zu vernehmen. Sie fahren also nach Hause und bereiten sich auf die nächste Szene vor, die sie sicherlich gründlich geprobt haben. Aber was ist das?« Der alte Gresham geriet in Schwung. »Was finden sie? Keine Polizei. Keine Aufregung. Keine Nachricht, nichts. Wie mag ihnen da wohl zumute sein, Harry?«
»Sie sind verblüfft, werden nervös, bekommen es mit der Angst zu tun.«
»Sehr gut, Harry. Ich sehe, du kommst langsam wieder zu dir«, urteilte Kurt Gresham wohlwollend. »Ja, sie sind erst verblüfft, dann werden sie nervös, dann sehr nervös, dann bekommen sie es mit der Angst zu tun. Und was tun sie?« Er schloß die Lippen um die Zigarre. »Dann packen sie aus.«
Er hält mich noch immer nicht für überzeugt, dachte Harry. Oder er ist seiner Sache nicht so sicher, wie er tut.
»Dann hecheln sie den Fall durch, Harry«, erklärte Kurt Gresham. »Und wir sitzen nebenan und hören zu.«

23

Gresham bestellte beim Zimmerservice einen Teller belegte Brote und eine Kanne Kaffee. Er kaute konzentriert und mit Genuß. Harry brachte keinen Bissen hinunter. Auch den Kaffee rührte er nicht an. Dafür goß er beträchtliche Kognakmengen in sich hinein.
Um halb elf nahm Gresham seine Aktentasche, und sie verließen das *Starhurst*. Im Taxi sagte er: »Wir werden den Lieferanteneingang benutzen und zur Abwechslung mal Treppen steigen. Der Pförtner und der Liftboy brauchen uns nicht zu sehen.«
Harry nickte träumerisch. Er schwebte auf Kognakwogen dahin.
»Wir werden uns im blauen Gästezimmer postieren.«
»Im blauen Gästezimmer«, wiederholte Harry. In dieser verrückten Situation fand er das völlig einleuchtend.
Als sie den dunklen Flur der Wohnung in der Park Avenue betraten, war es nach Harrys Uhr elf Minuten vor elf. Die Uhr war

noch ein Geschenk seines Vaters. Sie hatte ein schwarzes Zifferblatt mit Leuchtzahlen, die schwach grünlich phosphoreszierten. Er starrte noch wie hypnotisiert auf die Uhr, als Kurt Gresham die Flurbeleuchtung anschaltete.

»Beeil dich!« Wie ein Regisseur vor der Premiere gab Gresham letzte Anweisungen. »Du setzt dich hierher«, bestimmte er und wies auf einen Sessel in der Nähe der Tür.

Harry setzte sich. Er griff nach einer Zigarette. Gresham schien im Dunkeln sehen zu können. »Jetzt kannst du nicht rauchen«, sagte er scharf. »Und wenn sie kommen: keinen Laut! Atme mit offenem Mund.«

Er verließ das Zimmer noch einmal, knipste die Flurbeleuchtung aus. Dann hörte Harry ihn wiederkommen.

Die verhaßte gezierte Stimme kam jetzt gleichsam körperlos aus dem Dunkel. »Alles okay, Harry?« Harry kämpfte gegen eine fast unüberwindliche Lachlust an. Er kam sich vor wie auf einer spiritistischen Sitzung.

»Alles okay«, antwortete er.

Er hörte das leise Scharren eines zweiten Sessels, hörte, wie sich Kurt Gresham mit einem leichten Grunzen niederließ, wobei die Federn quietschend gegen das Übergewicht protestierten, hörte, wie Gresham seine Aktentasche hinstellte.

Dann saßen sie stumm in der Dunkelheit. Harry döste vor sich hin. Immer wieder sank ihm das Kinn auf die Brust. Jedesmal raffte er sich mit einem Ruck wieder auf, sah ungeduldig auf die Uhr.

Endlich hörten sie, wie sich ein Schlüssel im Schloß der Wohnungstür drehte. Harry richtete sich schnell auf, hob die grün leuchtenden Zahlen seiner Uhr dicht vor die Augen. Es war zwanzig Minuten vor Mitternacht.

Die Tür klappte zu, durch einen Ritz sahen sie einen Lichtschein aus dem Wohnzimmer. Schwach, aber deutlich drangen die beiden Stimmen bis zu ihrem Lauscherposten.

»Irgendwas ist danebengegangen«, sagte Tony Mitchell.

Man hörte Eiswürfel in Gläsern klirren, dann das Gluckern aus einer Flasche.

»Das habe ich jetzt auch nötig«, sagte Karen Gresham.

Es gab eine kleine Pause. Dann fuhr Tony Mitchell fort: »Und zwar ganz gewaltig danebengegangen. Sonst hätten wir schon unten im Hausflur einen Schwarm von Polizisten vorgefunden, die diskret ihr Beileid ausgesprochen hätten. Ich sage zum Pförtner: ›Na, John, wie geht's?‹ Und was antwortet er? ›Danke, gut, Sir.‹ Keine Spur von Aufregung, keine wissenden Blicke, keine Kondolation für die trauernde Witwe. Und der Fahrstuhlführer buckelt und grinst wie einen Tag vor Heiligabend.«

»Was kann bloß passiert sein, Tony?« Harry horchte auf. Karen sprach mit einer Stimme, die er noch nie an ihr gehört hatte. Fremd war sie, bitterfremd, die Stimme dieser anderen Karen, von der er geglaubt hatte, daß sie ihn liebte.

»Entweder hat unser kleiner Medizinmann einen akuten Anfall von kalten Füßen bekommen und das große Rennen gekriegt –«

»Da kennst du meinen Verehrer schlecht«, widersprach Karen. »Der hat sich mit fliegenden Fahnen in den Kampf gestürzt. Harry Brown, der letzte edle Ritter . . .«

»Oder, und das ist viel wahrscheinlicher, er hat die Sache geschmissen und dem alten Wolf sein Herz ausgeschüttet. Dann ist es auch verständlich, daß der liebe alte Papi nicht zu unserer Begrüßung zur Stelle ist. Vermutlich spricht er gerade mit seiner Fleischverarbeitungsabteilung, um unseren lieben Jungen in handliche Portionen zerlegen zu lassen. Das braucht seine Zeit. Und in diesem Falle, Baby, sitzen wir ganz schön in der Tinte.«

Diese trostreiche Aussicht veranlaßte Karen, ihren geliebten Harry mit so zahlreichen und so gewählten Schimpfworten zu bedenken, daß Harry sich vor Scham wand. Kurt Gresham saß unbeweglich.

»Schluß damit«, fuhr Tony Mitchell sie an. »Laß mich nachdenken! Wir müssen uns schleunigst was einfallen lassen. Der Alte ist gefährlich wie eine Wasserstoffbombe.«

»Was du nicht sagst«, warf Karen gereizt dazwischen.

»Die Sache ist die: Während der liebe Harry in seine Bestandteile zerlegt wird, muß der alte Kurt sich fragen: Woher weiß Harry von dem regelmäßigen Rendezvous im *Starhurst*?«

»Und dann wird er sich fragen: Wer hat den Hausdetektiv angerufen?« In Karens Stimme schwang plötzlich Furcht. »Tony, glaubst du, er merkt . . .«

»Stop! Eins nach dem anderen.«

Harry hörte Tony Mitchell erregt hin und her laufen. Kurt Gresham bewegte sich leicht. Die Sprungfedern jammerten kurz auf. Aber die im Nebenzimmer hörten es nicht.

»Wir müssen versuchen, uns in Kurt hineinzudenken«, sagte

Tony. »Der springende Punkt ist: Woher hat Harry den *Starhurst*-Tip? Ich habe eine Idee. Ausfeilen können wir die Geschichte nicht mehr – wir müssen uns größtenteils auf Improvisation verlassen. Gib mir noch einen Schluck.«

Die Flasche gluckerte. Dann sagte Mitchell: »Wie wäre es damit: Du hast ihn auf die Spur gesetzt, aber aus Versehen. Der Junge hat dir anvertraut, daß der Alte ihn sich geangelt hat. Du hast ihn gefragt, wo Kurt die Sache mit ihm perfekt gemacht hat, ob in Kurts Büro im Empire-State-Building oder in einem seiner Zimmer im *Starhurst*. Das ist dir einfach so herausgerutscht. Kann jedem mal passieren ... Der Kleine hat das Wort *Starhurst* aufgeschnappt, kombiniert und ist nun heute abend dort aufgekreuzt. Klar?«

»Das könnte er schlucken«, meinte Karen nachdenklich.

»Von Klein Harrys düsteren Plänen hattest du natürlich keine Ahnung – er hat dir nie ein Wort davon erzählt. Aber jetzt fällt es dir wie Schuppen von den Augen: Harry hat kalte Füße bekommen und wollte ausscheren. Er wußte, daß Kurt das nicht zulassen würde und daß nur eins ihn befreien konnte – Kurts Tod. Du kannst ruhig sagen, er hätte sich vielleicht eingebildet, daß du ihn hinterher heiraten würdest. Soweit also deine Ehrenerklärung. Den Rest mußt du improvisieren, je nachdem, wie der Alte sich verhält.«

Karen schwieg einen Augenblick. Dann sagte sie: »Nicht schlecht. Du schaltest schnell, mein Schatz.«

»Wenn du nicht eine gute Szene hinlegst, sind wir geliefert.«

»Du bist der einzige Mann, der klüger ist als dieser Fettkloß, mit dem ich verheiratet bin. Und du siehst viel besser aus. Komm her zu mir.«

Im Nebenzimmer wurde jetzt nicht mehr gesprochen. Man hörte ab und zu einen kleinen, halb erstickten Laut, man ahnte Umarmungen, Küsse ... Und im Nebenzimmer sitzen die beiden Betrogenen, dachte Harry, der gehörnte Ehemann und der gehörnte Geliebte. Er war jetzt stocknüchtern.

»Nein«, sagte Tony plötzlich. »Nein, Karen, jetzt nicht.«

»Du bist mir einer«, sagte Karen lachend.

»Wie war denn der kleine Musterjunge eigentlich?«

»Welcher kleine Musterjunge?«

»Harry.«

»Ach, der ...« Die abgrundtiefe Verachtung in Karens Stimme

jagte Harry einen Schauer über den Rücken herunter. »Er war aufgeregt und lächerlich wie ein Primaner. Füll nach, mein Schatz. Ich brauche eine Stärkung, wenn ich dem lieben alten Papi eine Komödie vorspielen soll.«

Harry riß es vom Sessel. Ein Knurren kam aus seiner Kehle. Aber eine eiserne Hand legte sich um sein Gelenk. Gresham zischte leise: »Du bleibst, wo du bist!«

Dann schob sich die massige Gestalt vor den Lichtschein, der durch die Türritze drang. Gleich darauf war Gresham verschwunden. Stille – eine Ewigkeit lang. Dann das leise Husten eines Schusses. Einmal ... zweimal ... Und dann der dumpfe Aufschlag von zwei Körpern.

Harry raste zum Wohnzimmer, erstarrte aber auf der Schwelle.

»Moment, Harry«, sagte der alte dicke Mann. Der Revolver mit dem Schalldämpfer zeigte jetzt in Harrys Richtung.

Mitten in einem sich ausbreitenden dunklen Fleck lagen auf dem dicken flauschigen Teppich zwei unzerbrochene Gläser, daneben Karen Gresham im tief ausgeschnittenen Abendkleid aus Silberlamé und Tony Mitchell in verrutschtem Abendanzug. Karen hatte eine Schußwunde im Hals, Tony blutete aus dem Mund.

»Keine Bewegung, Harry«, befahl der Millionär. Er ging hinüber zu seiner Frau und schoß noch einmal. Mitchell starrte mit weit geöffneten toten Augen zur Decke.

Greshams Hängebacken waren grau wie Hammeltalg.

»Keine Sorge, Harry«, sagte er. »Meine Leibwache kümmert sich um die – äh – um sie. Auf dem Teppich bleiben keine Spuren zurück. Und ich bin ja gar nicht hier, nicht wahr?«

Irgend etwas, dachte Harry, ist unlogisch an dieser Behauptung, aber im Augenblick hätte er beim besten Willen nicht sagen können, wo der Widerspruch lag.

»Morgen wird mein Anwalt mit meiner Frau eine kleine Bootspartie machen. Ein gutes Stück von der Küste entfernt werden sie zum Fischen in ihr Beiboot steigen. Das Beiboot kentert, sie ertrinken – und die See wird die drei Leichen nicht wieder freigeben. Du weißt ja, wie aktiv die Haie am Kap Montauk sind.«

Harry hatte Mühe, das eine Wort herauszubringen. Seine Zunge war ihm im Wege. Endlich schaffte er es. »Drei?« fragte er.

»Ja, richtig, das hatte ich vergessen, Harry, du bist doch mit von der Partie.«

»Deshalb also sollte ich mitkommen ...« Es bestätigte die

dumpfe Ahnung, die er von Anfang an gehabt hatte.
»Natürlich, Harry! Wenn ich dich im Hotel erschossen hätte, wäre es schwierig gewesen, die Leiche wegzuschaffen. Von hier aus ist es einfacher. Ich habe zwei Kugeln für dich aufgehoben.«
Der Alte kam langsam näher. Er hob den Revolver.
»Aber warum, Kurt? Weil ich versucht habe, dich umzubringen?«
Er war überrascht, wie klar er wieder denken konnte, wie wenig Furcht er verspürte.
»Weil du es nicht geschafft hast, mich umzubringen«, sagte der Alte. »Du hast gekniffen, Harry. Einen Waschlappen kann ich in meiner Organisation nicht brauchen. Außerdem weißt du zuviel. Besonders jetzt, nachdem ich vor deinen Augen zwei Menschen eigenhändig umgebracht habe.«
Harry maß die Entfernung zwischen ihnen. Im Football-Team seiner Universität war er ein gefürchteter Stürmer gewesen. Er setzte zum Sprung an.
Um Kurt Greshams Mund lag noch immer ein Lächeln. Aber in den farblosen Augen stand nackte Mordlust. Raubtieraugen, dachte Harry und schauderte.
»Die Lösung ist nicht übel, Harry. Ein tragischer Unfall beim Fischen – und mit einem einzigen Schlag hat das Schicksal dem armen Kurt Gresham die drei Menschen genommen, die ihm in seinem Leben am meisten bedeuteten: seine Frau, seinen Anwalt, seinen Arzt. Leb wohl, Har . . .«
Harry sprang. Aber schon in dem Augenblick, als er zuschlug, wußte er, daß er kein Ziel hatte. Er schlug ins Leere. Der massige Körper lag am Boden. Aber nicht Harrys Fäuste hatten ihn gefällt. Als er Kurt Gresham ansah, wußte er, daß der dritte Tod, von dem Kurt Gresham geträumt hatte, ebenso ein Traum bleiben würde wie die Träume der beiden Toten in diesem stillen Zimmer.
Greshams rundes Gesicht war nicht mehr rosa, sondern gelbgrün. Sein linker Arm war verkrampft. Um die Mundwinkel standen Bläschen, die Lippen waren bläulich verfärbt. Die Raubtieraugen waren verdreht.
Die Diagnose war eindeutig: Herzinfarkt.
Brown handelte ohne Überlegung. Er tat, was er tausendmal für einen leidenden Menschen getan hatte: Er zwang die starren Lippen auseinander, drückte die Zunge herunter, legte seinen Mund auf den Kurt Greshams und blies ihm seinen Atem ein. Er gab

Kurt Greshams Lippen frei, damit die Lungen die Luft ausstoßen konnten, atmete wieder ein. Auf, nieder, auf, nieder ... das übliche Ritual.
Die Lippen unter den seinen zuckten, wurden feucht.
Brown richtete sich auf.
Einen Augenblick kam das Bewußtsein in die farblosen Augen zurück. Die blau verfärbte Oberlippe verzog sich.
Brown schlug Gresham kräftig auf die Wangen.
»Kurt«, sagte er. »Kurt!«
Ein gewürgtes Flüstern: »Menschlich ...«
Er massierte Greshams Handgelenke.
»Menschlich ... sehr komisch ...«
»Was?«
Jetzt kam es ganz klar in einer letzten Anstrengung durch die bläulichen Lippen, über die ledrige Zunge: »Vergib – Liebe – kein Spaß ...« Die Augen verdrehten sich, die Iris verschwand.
Der Körper zuckte noch einmal, dann lag er ganz still.
Harry versuchte es wieder mit der Mund-zu-Mund-Beatmung. Aber der schlaffe Körper zeigte keine Reaktion mehr.
Er richtete sich auf, stand, schwankte ein wenig, ging an den beiden blutigen Leichen auf dem Teppich vorbei zum Telefon und rief die Polizei an.

24

Das blaue Gästezimmer war jetzt bis in den letzten Winkel beleuchtet. Hinter geschlossenen Türen saß Dr. Brown seinem alten Bekannten Lieutenant Galivan gegenüber, trank Kurt Greshams alten Kognak und rauchte eine Zigarette nach der andern. Dabei erzählte er seine Geschichte, von Anfang an.
Und das Unerwartete geschah, daß Lieutenant Galivan, der aussah, als könne ihn in dieser und in der nächsten Welt nichts mehr erschüttern, einigermaßen fassungslos war.
Es klopfte. »Herein«, sagte Galivan geduldig. Ein großer breitschultriger Mann verkündete: »Wir sind fertig, Lieutenant. Können wir sie jetzt runterbringen?«
»Nein«, sagte Galivan.
»Nein?« echote der Große erstaunt.

»Die Sache hier ist für uns zu groß, Sergeant. Die obersten Bundesbehörden werden sich dafür interessieren . . .«
»Tatsächlich? Und wir dachten, es wäre das übliche Dreieck: alter Ehemann, junge Frau und junger Geliebter.«
»Lassen wir's vorerst dabei«, sagte Galivan erschöpft. »Und daß ihr vorläufig nichts an die Presse gebt, verstanden?«
»Jawohl, Sir.«
»Schicken Sie die Techniker fort. Sie und Jimmy Ryan bleiben. Und der Leichenwagen soll noch warten, aber in einer Seitenstraße.«
»Noch was?«
»Ja. Schicken Sie Sidney zum Staatsanwalt. Er geht normalerweise früh schlafen, aber in diesem Fall ist er sicher nicht böse, wenn ich ihn wieder aus den Federn hole. Kennen Sie eigentlich Max Crantz, Doktor?«
»Nein.«
»Netter Bursche. Grundanständig. Krumme Sachen, Winkelzüge, gibt's bei ihm nicht. Das wär's, Sergeant.«
Der Beamte ging und schloß die Tür hinter sich. Galivan zog an seiner Pfeife und sah Harry durch den blauen Rauch hindurch an.
»Tja, das ist nun das Ende des Falles Lynne Maxwell. Da haben Sie sich ja ganz schön in die Nesseln gesetzt.«
»Wem sagen Sie das, Lieutenant . . .«
Galivan paffte. »Verdammte Pfeife . . . Übrigens habe ich unsere Kollegen in Yonkers auf dieses angebliche Beerdigungsinstitut angesetzt. Und unsere Leute in Frisko habe ich auf Onkel Joe gehetzt. Ich hab' so das Gefühl, daß sich im Zusammenhang mit diesem Fall noch ein paar gute Fänge ergeben. Auf Ihre Hilfe kann ich doch rechnen, Doktor?«
»Selbstverständlich.«
»Ich will sehen, was sich für Sie tun läßt, Doktor . . .«
»Danke. Aber ich bitte nicht um milde Gaben, Lieutenant. Ich hab' mich selber reingeritten. Nun muß ich auch sehen, wie ich aus eigener Kraft freikomme – oder ich muß für meine Dummheit zahlen.«
»Immerhin sind Sie das Werkzeug, mit dem dieser Rauschgiftring zerschlagen werden kann. Verkaufen Sie sich nicht zu billig.«
Galivans Pfeife verröchelte. Er zog ein Gesicht, stand auf und ging zum Telefon. »Bitte«, sagte er in den Hörer, »ein Gespräch mit Mr. Christopher Hammond. Vom FBI, New York.«

25

Brown bewegte sich am Montag in seiner Praxis wie ein Schlafwandler. Er hatte sich von der Arbeit wenigstens vorübergehend Vergessen erhofft, aber ausgerechnet heute tat sich wenig. Am frühen Nachmittag hatte er zwei Patienten, danach fielen zwei Hausbesuche an, dann nichts mehr. In den Morgenausgaben der New Yorker Zeitungen hatte er kein Wort über die drei Leichen in der Gresham-Wohnung gefunden. Der FBI und die Rauschgiftabteilung hatten die Geschichte offenbar noch nicht freigegeben.

Um vier schickte er seine Sprechstundenhilfe um die Nachmittagsausgaben. Jetzt schrien es ihm die Schlagzeilen entgegen: MILLIONÄRSTRAGÖDIE – FRAU UND LIEBHABER ERSCHOSSEN, TOD DURCH HERZINFARKT. Aber weder von Rauschgift noch von einem gewissen Dr. Harrison Brown war die Rede. Auch Fotos wurden den Lesern geboten – Konterfeis von Kurt Gresham, von Karen Gresham, von Tony Mitchell.

Um vier Uhr dreißig meldete seine Sprechstundenhilfe Lieutenant Galivan an.

Brown überfiel ihn mit einem Redeschwall. »Da sind Sie ja, Lieutenant. Gott sei Dank! Kommen Sie, setzen Sie sich. Erzählen Sie mir, was sich getan hat! Seit Sie mich am Freitag die ganze Nacht beim Staatsanwalt durch die Mangel gedreht haben, mit freundlicher Assistenz der FBI-Leute, hat sich niemand mehr um mich gekümmert. In den Zeitungen steht kein Wort über mich, und Radio und Fernsehen hüllen sich auch in Schweigen.«

»Das wird auch so bleiben«, sagte Galivan und brachte seinen langen Körper in dem Sessel neben Harrys Schreibtisch unter. Er sah abgespannt aus.

»Das wird auch so bleiben?« Harry setzte sich sehr plötzlich.

»Es ist überstanden, Doktor. Die Jungs vom FBI ...« Galivan schüttelte bewundernd den Kopf. »Sie arbeiten mit der Präzision eines Uhrwerks. Und die, die es angeht, merken bis zur letzten Minute nichts. Am Sonnabend wurden in anderthalb Dutzend Städten in den Vereinigten Staaten und im Ausland gewisse Banksafes geöffnet. Code-Spezialisten des CIA machten sich über die Unterlagen her. Am Nachmittag des gleichen Tages wurden die Geschäfte des Gresham-Syndikats durchleuchtet, ohne daß ein einziges Mitglied ahnte, was ihm blühte. Und dann schnappte die

Falle zu – urplötzlich. Ohne Warnung, auf die Minute genau. Gestern abend zehn Uhr Ortszeit. In New York, Washington, Philadelphia, Chikago, Miami, London, Paris, Zürich, Rom, Berlin, Lissabon, Madrid, Belgrad, Athen, Ankara, Kairo, Hongkong und Tokio. Fünfunddeißig Jahre hat der Aufbau des Gresham-Imperiums gedauert. In einer einzigen Nacht ist es eingestürzt. Und das verdanken wir Ihnen.«

»Alle sind verhaftet?« fragte Harry ungläubig.

»Bis auf den letzten Mann. Es hat sich herausgestellt, daß außer Greshams sogenanntem Aufsichtsrat neunundzwanzig Spitzenkräfte in den einzelnen Städten beteiligt waren. Dazu kommen die üblichen Mittelsmänner, Handlanger und kleinen Fische. Die großen Bosse singen schon wie Kanarienvögel und versuchen, sich durch allerlei Geschäftchen aus der Schlinge zu ziehen. Die kleinen Mitläufer machen's ebenso. Das Beweismaterial ist erdrückend. Von Greshams Reich ist nicht ein Stein auf dem anderen geblieben. Jetzt brauchen wir nur noch die Trümmer zu sichten. Sie sind aus dem Schneider.«

»Das – das verstehe ich nicht.«

Der Lieutenant schlug die langen Beine übereinander, holte sich seine unvermeidliche Pfeife zu Hilfe und lächelte.

»Heute mittag hat in der Stadt eine Besprechung stattgefunden. Teilnehmer waren Chris Hammond vom FBI, Staatsanwalt Crantz, ein Beamter vom Schatzministerium, ein Beamter des Obersten Bundesgerichtshofes in Washington und Vertreter einiger anderer interessierter Kreise. Mich hatte man auch dazugebeten. Als Beobachter. Und soll ich Ihnen sagen, um was es bei dieser Besprechung ging?«

»Ja?«

»Um Sie, Doktor. Die Entscheidung war, glaube ich, für alle Teilnehmer zunächst überraschend. Man beschloß, Sie in Ruhe zu lassen.«

»Sie meinen, ich werde nicht verhaftet? Nicht angeklagt?« fragte Harry heiser.

»Genau das meine ich«, paffte Galivan. »Sie werden nicht einmal als Zeuge aufzutreten brauchen. Vor lauter Zeugen werden sich die Gerichte ohnehin kaum retten können.«

»Aber warum, Lieutenant?« rief Harry Brown fassungslos. »Nach allem, was ich . . .«

»Was haben Sie denn schon getan, Doktor?«

Die Frage brachte ihn ein bißchen durcheinander. »Ich bin in eine kriminelle Organisation eingetreten . . .«
»Unter Druck und unter falschen Voraussetzungen . . .«
»Ich habe eine Patientin mit einer Schußwunde behandelt und den Fall nicht der Polizei gemeldet . . .«
»Dafür haben wir nur Ihre Aussage, und bekanntlich kann nur auf Grund ausreichender Beweise Anklage erhoben werden.«
»Aber ich habe mich gegen ein hohes Honorar verpflichtet, in ähnlichen Fällen für Gresham ärztlich tätig zu sein.«
»Auch hierfür gibt es nur Ihr Geständnis«, antwortete Galivan. »Zur Ausführung ist es ja nicht gekommen! Und daß Sie Gresham wegen seines Herzleidens behandelt haben, stimmt ja.«
»Aber . . .« stammelte er verwirrt. »Ich habe einen Revolver mit Schalldämpfer gekauft. Ich habe versucht, einen Menschen damit zu ermorden . . .«
»Und haben es nicht getan, obgleich Sie nur abzudrücken brauchten.« Galivan hob die Pfeife. »Nein, sagen Sie nichts. Es ist alles gründlich überlegt worden, Doktor. Streng genommen hätten Sie natürlich verhaftet und vor Gericht gestellt werden müssen, aber zufälligerweise waren die Teilnehmer jener Besprechung nicht in der Stimmung, auf Paragraphen herumzureiten. Sie haben dazu beigetragen, einen gefährlichen Rauschgiftring zu zerschlagen, Sie haben offen und ehrlich Ihre Aussagen gemacht. Als Gegenleistung, fand man, sollte man Sie laufenlassen.«
»Und ich habe das Gefühl, daß ich diese Entscheidung vor allem einem gewissen Beobachter zu verdanken habe«, bemerkte Harry.
Der Lieutenant wurde tatsächlich rot.
»Ganz so ist es nicht, Doktor. Leute wie Christopher Hammond und Max Crantz lassen sich nicht beeinflussen. Aber sie wissen, daß Sie gestrauchelt sind und sich noch rechtzeitig wieder gefangen haben. Ein Mann, der das fertigbringt, verdient noch eine Chance.«
Harry war wie betäubt.
»Wie gesagt: Für die Verhandlung werden Sie nicht gebraucht. Ihr Name wird nie in der Öffentlichkeit erscheinen, sondern in den Akten verschwinden. Es sei denn, daß Sie noch einmal vom Wege abweichen. Das ist keine Drohung, Dr. Brown«, setzte Galivan ruhig hinzu, »sondern eine Tatsache. Aber ich glaube und ich hoffe, daß das nicht passiert. Es wäre schlimm – für uns alle.«
Er lehnte sich vor und klopfte seine Pfeife im Aschenbecher aus.

»So, Doktor, jetzt muß ich wieder an die Arbeit.« Er stand auf und sah den Mann hinter dem Schreibtisch scharf, aber nicht unfreundlich an. »Ich wünsche Ihnen nicht Glück, Doktor. Glück oder Pech – das sind bloß Worte. Worauf es im Leben ankommt, ist die eigene Leistung. Aber ich schätze, diese Lektion haben Sie jetzt gelernt.«

Damit verschwand er.

Harry saß zusammengesunken in seinem Sessel. Seine schmalen Hände lagen auf der Schreibtischplatte. Lange saß er so, ins Leere starrend. Unter dem Ansturm der Gefühle spürte er, undeutlich noch und verschwommen, eine tiefe Ruhe, einen Frieden, wie er ihn noch nie im Leben empfunden hatte.

Sein Blick glitt über die teure Einrichtung, über die Reihen ledergebundener medizinischer Werke auf den Regalen, die hauptsächlich dort standen, um seinen Patienten zu imponieren. Er glitt mit der Hand über den teuren Stoff seines Anzuges, betrachtete seine auf Hochglanz polierten Schuhe, den Aschenbecher von Tiffany, den leeren Stuhl, wo eigentlich ein Patient hätte sitzen müssen.

Schließlich griff er nach seiner Brieftasche, fand die Karte, die er suchte, zog sich das Telefon heran und wählte.

»Bitte Dr. Stone. Hier Dr. Harrison Brown.«

»Einen Moment bitte, Doktor.«

Alfred Stones Stimme klang erfreut: »Ja, Doktor – das ist nett, daß Sie anrufen. Schrecklich, die Geschichte mit Gresham, nicht? Sie haben es sicher schon gehört.«

»Ja«, sagte Harry Brown. »Dr. Stone, ist die Stelle in der Klinik noch frei?«

»Natürlich.«

»Ich nehme an.«

»Das freut mich wirklich!«

»Warten Sie ab, bis Sie meine Geschichte gehört haben.«

»Was für eine Geschichte?« fragte Dr. Stone verblüfft.

»Manche würden es die Geschichte eines Mißerfolges nennen«, sagte Dr. Harrison Brown. »Aber ich glaube eher, es ist die Geschichte eines Erfolges. Doch das müssen Sie selbst beurteilen, Dr. Stone. Können Sie mich mit Peter Gross und Dr. Blanchette zusammenbringen?«